阿哈龙·阿佩尔菲尔德
作品系列

穿透烟雾的记忆

The Story of a Life

〔以色列〕阿哈龙·阿佩尔菲尔德——著
Aharon Appelfeld

刘雅彬 黄清媚——译

著作权合同登记号　图字 01-2016-3675

Aharon Appelfeld
The Story of a Life

Copyright © 1999，Aharon Appelfeld
Arranged with The Wylie Agency(UK) Ltd.
Simplified Chinese Copyright © Shanghai 99 Readers' Culture Co., Ltd.，2018
All rights reserved.

图书在版编目(CIP)数据

穿透烟雾的记忆/(以)阿哈龙·阿佩尔菲尔德著；
刘雅彬，黄清媚译. —北京：人民文学出版社，2018
(阿哈龙·阿佩尔菲尔德作品系列)
ISBN 978-7-02-013916-3

Ⅰ.①穿… Ⅱ.①阿… ②刘… ③黄… Ⅲ.①自传体小说-以色列-现代 Ⅳ.①I382.45

中国版本图书馆 CIP 数据核字(2018)第 042293 号

责任编辑	卜艳冰　尚　飞　张玉贞
封面设计	高静芳
出版发行	人民文学出版社
社　　址	北京市朝内大街 166 号
邮政编码	100705
网　　址	http://www.rw-cn.com
印　　刷	上海盛通时代印刷有限公司
经　　销	全国新华书店等
字　　数	135 千字
开　　本	890 毫米×1240 毫米　1/32
印　　张	6.375
版　　次	2018 年 5 月北京第 1 版
印　　次	2018 年 5 月第 1 次印刷
书　　号	978-7-02-013916-3
定　　价	36.00 元

如有印装质量问题，请与本社图书销售中心调换。电话：010-65233595

序

您现在看到的是沉思与记忆的片段。记忆让人难以捉摸。人的记忆往往是选择性的；人只记得自己选择记住的事物，而这些事物往往是美好愉快的。和梦一样，记忆是从事件的滞流中提取特定的细节——有时候是微小的、看似无关紧要的细节——然后将之牢牢记在心里，在某个特定的时刻使之浮现水面。和梦一样，记忆赋予事件以意义。

自孩童时期起，我就觉得记忆是一个活跃的蓄水池，使我整个人生机勃勃。我还是孩子的时候，我会坐着想象着自己在乡下的外祖父母家里过暑假的情形。我会坐在窗边好几个小时，想象着在那里的旅程。我记忆中的所有假期都会生动形象地出现在我的脑海里。

有时候，记忆和想象力交织在一起，仿佛在那段尘封已久的岁月里相互较劲。记忆是有形的，如同固体一般。想象力拥有翅膀。记忆指向已知，而想象力驶向未知。记忆总是给我带来愉悦和安宁。想象力总是带我飞向一个又一个的地方，最终却总是让我沮丧。

有时候，我明白有的人单靠想象力而活。我的叔叔赫伯特就是这样的人。他继承了一大笔财产，然而，因为他活在想象的世界中，他浪费了一切，变得一贫如洗。我更加了解他的时候，他已经是个穷人了，靠着好心的家人施舍过活。然而，即便他已经一贫如洗，他还是继续做白日梦。他的目光会穿过你固定在远方，而且他总是谈及未来，仿佛现在和过去都不曾存在。

我遥不可及的、埋藏心底的童年记忆竟然如此清晰，真是妙不可言。我尤其记得喀尔巴阡山脉和延伸至山麓的广阔平原。战争爆发前的最后一个假期，我们贪婪地望着群山和平原，既害怕又渴望，仿佛我的父母知道那是我们最后的假期，知道从此以后生活与地狱别无二致。

"二战"爆发的时候，我七岁。时间的顺序开始变得混乱——没有夏天，没有冬天，没有在乡下的外祖父母家里长时间的逗留。我们生活在一间狭窄的房间里。有一段时间，我们住在犹太人隔离区里，秋天结束的时候，我们就被赶了出来。一连几周，我们都在路上奔波，后来我们进了集中营，最终我成功地逃了出来。

"战争"期间，我身不由己，像是一个有着一个地洞的小动物，或者更准确地说，有着好几个地洞的小动物。我的大脑和感觉受到束缚。事实上，有时候，我的内心会涌现出一种既痛苦又惊讶的感觉，这种感觉源于我不明白为什么只剩下我一个人。然而，这些反思会随着森林里的雾气消散而消失，而我体内的动物本性会回来保护我。我对那段战争的岁月记忆并不多，仿佛战争并没有持续进行了六年。当然，有时候，画面从浓厚的迷雾中显现：一个暗影、一只被烧焦的手、一只只剩下碎布的鞋子。这些画面有时候像火炉里的爆炸一样来得猛烈，却又快速地消失，仿佛不愿暴露自己，而后便又是那条黑色的隧道。我们将那条黑色隧道称为战争。这是有意识的记忆的缺点。然而，人的手掌心、脚底、背部以及膝盖的记忆比脑海的记忆还要深刻。我若知道如何从这些地方获取记忆，我会被我的所见所闻所压垮。有几次，我能够听到我的身体的记忆，接着我便写了几个章节，然而，这不过是一直埋藏在我心中的不安的黑暗片段。

战争结束以后，我在意大利的海岸边待了几个月，接着又在南斯拉夫的海岸边待了一段时间。那段时光里，我仿佛置身在美妙的遗忘世界中。海水、阳光和沙子抚摸并安慰我们，直至日落。晚上，我们会坐在火堆旁，烤鱼和喝咖啡。受到战争影响的各种各样的人在沙滩里游荡：音乐家、玩杂耍的人、歌剧演员、演员、阴郁的算命人、走私者和小偷。在这群鱼龙混杂的人群中，有年仅六七岁的儿童艺术家，这些儿童艺术家被道德败坏的"经纪人"收养，"经纪人"会拉着他们四处流浪卖艺。每天晚上都会有一场表演，有时候甚至有两场表演。

后来，来到遗忘被加固了的基地。很快，我们就带着遗忘来到了巴勒斯坦。当我们抵达巴勒斯坦的时候，我们已经将以往遗忘得干干净净了。从这个角度来说，以色列在某种程度上是意大利的延续。遗忘找到了沃土。诚然，那段岁月里盛行的意识形态总是帮助并支持这种记忆的封锁，然而，建造城墙的命令并非只源于外部。有时候，我在战争中的所见会统统从记忆的地基里溜出来，宣示自己的存在的权利。然而，他们没有能力推倒遗忘世界的支柱，也没有生存下去的意志。而生活本身也在说：忘记吧！集中精神！基布兹和各种不同的年轻村庄是名副其实的培养遗忘的温室。

多年来，我一直沉浸在遗忘的睡梦中。我的生活流于表面。我对内心深处那个拥挤破旧的地下室习以为常。没错，我总是对它们心怀畏惧。我有理由相信在那里翻滚的黑暗生物正变得越来越强大，终有一天，当我的地下室再也容纳不下它们时，它们便会冲出来。这种爆发的确偶尔会发生，但总是会被压制住，然后地下室再次被关闭锁上。

这样持续了多少年？这样的疏离，这样的区分此处与他处、这样的区分上与下？这种挣扎的故事就在这本书里，这本书像一幅展开的宽画布：记忆与遗忘，一方面感到混乱和无能为力，另一方面却渴望有意义的生活。这本书并不是提出问题然后回答问题。这本书，借用卡夫卡的话，是对挣扎的描述。灵魂的各个方面都参与了这种挣扎：关于家和父母的记忆，关于喀尔巴阡山脉纯粹的田园美景的记忆，关于我的外祖父母的记忆，以及关于不断涌进我的灵魂的许多光的记忆。除了这些记忆，还有关于战争、战争造成的毁灭及战争留下的伤痕的记忆。最后，是在以色列生活的漫长岁月：在地里干活、学习语言、克服年轻时的迷惘、上大学、开始写作。

这本书并不是概述，而是试图（或许是一种孤注一掷的尝试）整合我生活的不同方面，并将它们与它们存在的根源联系起来。本书的读者若是期待我这一生的故事是按照时间顺序进行的准确的陈述，怕是要失望了。本书是我生活中的各个部分在我的记忆中的整合，它们生机勃勃、不断搏动。许多事情已经被遗忘和淡忘。起初，看上去只留下了一点记忆，可是，当我把一段记忆放在另一段记忆旁时，我发现随着时光的流逝，这些记忆不仅被合成一个整体，而且被赋予了某种程度的意义。

目录

序	1
第一章	1
第二章	15
第三章	23
第四章	28
第五章	36
第六章	39
第七章	44
第八章	47
第九章	59
第十章	62
第十一章	66
第十二章	71

第十三章	76
第十四章	81
第十五章	86
第十六章	91
第十七章	96
第十八章	104
第十九章	114
第二十章	122
第二十一章	129
第二十二章	138
第二十三章	142
第二十四章	152
第二十五章	155
第二十六章	159
第二十七章	164
第二十八章	169
第二十九章	173
第三十章	180

第一章

我的记忆从何时开始？有时候，我觉得我的记忆是在我四岁的时候开始的。那时，母亲、父亲和我，我们第一次离家到喀尔巴阡山那阴暗潮湿的森林里度假。可有时候，我却认为我的记忆在此之前就已经开始，它诞生在我房间里装饰着纸花的双层玻璃旁。彼时，正在下雪，羊毛般轻柔的雪花正从天空中飘落下来，轻轻地发出一种让人无法察觉的声音。我坐在那里好几个小时，出神地凝视着，直到我和白色的雪花融为一体，渐渐沉睡。

对我而言，更为清晰的记忆是与一个单词有关。那个单词太长了，很难发音。那个单词是德语单词Erdbeeren，意思是"草莓"。那是一个春天。母亲正站在敞开的窗户旁。我坐在她旁边的一张椅子边上。突然，侧巷里出现一个年轻的鲁塞尼亚姑娘。她的头上顶着一个宽大的圆形柳条篮。篮子里装满了草莓。"Erdbeeren（草莓）！"母亲大叫道。母亲并不是冲着那个姑娘喊的，而是冲着在后花园里的父亲喊的。父亲离那个姑娘很近，他叫停了那个姑娘。那姑娘把头顶上的篮子放了下来，父亲和那姑娘聊了几句。父亲笑着从他的夹克衫的口袋里拿出一张纸币递给那个姑娘。那姑娘则把那个篮子连同里面所有的草莓都给了父亲。父亲走上台阶进了屋里。现在总算能近距离地看着那篮子了。篮子并不深，但极宽；小小的草莓红通通的，依然散发着森林的清香，十分新鲜。我多么想把手伸进篮子里抓一把草莓，可我知道父母肯定不会允许我这么做的，所以我克制住了自己。然而，我的母亲了解我，她从篮子里抓了一把草莓，把它们洗干净后装在一个小碗里给我吃。我高兴极了，高兴得快要不能呼吸。

　　按照老规矩：母亲在小草莓上撒糖粉，加上奶油，然后把这美味佳肴端上桌来给我们品尝。我们根本不需要开口再多要一份草莓：母亲端出很多草莓，越来越多，我们津津有味地大快朵颐，仿佛我们快要把所有的草莓都吃光。然而，不必担心，篮子还是满的，即便我们连续吃上一晚上，篮子里的草莓也不会少太多。"可惜啊，没有客人来。"母亲说道。父亲偷偷地笑着，仿佛是个共犯似的。第二天，我们又吃了更多的草莓，草莓快要从碗里溢出来了。然而，这一次我们有点心不在焉，不再吃得那么津津有味了。母亲把剩下的草莓放在食品储藏室里。后来，我亲眼看见这些新鲜的草莓变成灰色，变得皱缩；那天，无论什么时候，只要我一想到那些草莓，我就感到很难过。那个由简单的柳枝编织而成的篮子在我们家放了好些天，每当我瞥见它的时候，我就会想起那天它躺在鲁塞尼亚农村姑娘头上的样子，活像一顶红色皇冠。

更为清晰的记忆是我们在河岸边、在田野的小径上、在绿草如茵的草地上散步。记忆中，我们爬山，坐在山顶上四处眺望。我的父母很少说话，他们专心地聆听。我的母亲尤为专注。当她在聆听的时候，她的那双大眼睛睁得很大，仿佛想把周围所有的东西都吸收进来。家里也常常十分安静，很少有交谈声。在我的记忆中，那段遥远的岁月里没有言语，没有词组，只有母亲的凝视。母亲的目光里充满了温柔和怜爱，我至今依然能感受到那份温柔和怜爱。

我们的房子很宽敞，有很多房间。阳台有两个，一个面对着街道，另一个面朝向公园。窗帘很长，垂曳在木地板上。每当女佣换洗窗帘的时候，整个房子里都弥漫着一股淀粉浆的味道。然而，比起窗帘，我更喜欢地板——或者，更准确地说，我更喜欢覆盖在地板上面的地毯。我在印有花朵图案的地毯上用木块搭建街道和房子，让玩具熊和锡制小狗住在里面。毛毯很厚，很柔软。我瘫坐在地毯上好几个小时，假装自己正乘坐火车旅游，穿过大陆，最终到达我外祖父居住的村子。

夏天，我们会去外祖父居住的村子。单单想到要去那里，就会让人有点昏昏沉沉，因为过去拜访外祖父母的记忆浮现在了脑海里。然而，此后，我记忆中的映像变得非常模糊，仿佛做了一场梦似的。无独有偶，只有一个单词留在我的记忆里。那个单词是mestameh——意思是"大概"。这个单词很奇怪，而且难以理解，可外祖母每天都要重复说好几次。我多次想问这个奇怪的单词的意思是什么，可我还是没问出口。母亲和我说德语。有时候，我觉得外祖父和外祖母说话的方式让母亲感到不自在，而且母亲不愿意让我听到外祖父母的语言。我终究还是鼓起勇气问道："外祖父和外祖母说的是哪一种语言？"

"意第绪语。"母亲在我耳边轻声说。

村子里的白天很漫长，一直延伸到白夜。村子里没有地毯，只有垫子。甚至连客房也有垫子。脚一踩在垫子上，垫子就会发出一阵干瘪的沙沙声。母亲坐在我的身边雕刻一个西瓜。村子里没有饭馆，也没有电影院；我们坐在外面的院子里直至夜深，我们看着落日变成夜空中央的一弯明月。我努力使自己不要打瞌睡，可最终我还是睡着了。

村子里的日子有其独特的小魅力。三个吉卜赛人组成的乐队突然走进院子里，开始弹奏起悲伤的小提琴曲。外祖母没有发脾气；她跟他们很熟，所以让他们继续弹奏。他们的演奏让我变得越来越悲伤，甚至让我有想哭的冲动。母亲帮了我一把，她让吉卜赛人不要再弹奏了。然而，他们不肯停下来。"不要让我们停下来！这是我们吉卜赛人祈祷的方式！"

"可你们把孩子吓坏了。"母亲恳求道。

"没有什么可怕的——我们不是坏人。"

最终，母亲给了他们一张纸币，他们便停止了弹奏。其中一个吉卜赛人试图走过来向我示好，可母亲让他和我保持距离。

吉卜赛人刚离开后院，一个扫烟囱的人出现了。那人个子很高，身上套满了黑色的绳索。他打算马上开始工作。他的脸上沾满了烟灰，当他站在烟囱管道旁时，他看起来像是母亲在我临睡前给我读的格林兄弟童话里的恶魔。我想跟母亲分享这个秘密，但我拿不定主意。

傍晚时分，牛群从牧场归来。牛的低哞声和飘扬的尘土使空气中弥漫着忧郁的气息。然而，忧郁是短暂的，每天晚上例行的煮果酱活动马上就把忧郁一扫而光。李子酱、雪梨李子酱、熟樱桃酱——每一种酱都在每晚特定的时刻熬煮。外祖母从厨房里拿出一个大铜锅，将它放在花园的篝火上。篝火早在黄昏时分就已经被点燃。现在铜锅正闪耀着金黄色的光。大多数晚上都是这种果酱沸腾的景象。外祖母尝一尝，搅一搅，加入月桂叶，终于给我端来了一碗暖暖的果酱。然而，这一次，我怀着急切心情等待许久的甜果酱却没有给我带来幸福的感觉。我害怕今晚结束，害怕明天早上我们必须爬上一辆马车回到城市——这种恐惧如今占据着我，悄无声息地破坏着我的幸福。我抓着母亲的手，亲吻它，一遍又一遍，直到我陶醉在今晚所有的果酱香味中，在草席上陷入了沉睡。

在乡下，我和母亲待在一起。父亲在城市里打理生意。父亲突然出现时，我觉得他似乎有点陌生。我和母亲一起去河边的草地，或者，更确切地说，去普鲁特河的其中一条支流边的草地。河水涓涓，波光粼粼，双脚踩在柔软的土地上。

夏天，日子慢慢地拉长，仿佛永无尽头。我知道如何从一数到四十，知道如何画花儿。再过一两天，我将学会如何用大写字母写我的名字。母亲一刻儿也不会离开我。她的亲近是如此美好，以至于离开她哪怕是片刻，也会让我感到很难过。

有时候，我没头没脑地问她关于上帝的事情或者问她我是什么时候出生的。我的这些问题让母亲很尴尬，我觉得她好像脸红了。有一次，她告诉我："上帝在天上，他无所不知。"这个回答让我很高兴，仿佛我得到了一个迷人的礼物似的。然而，大多数时候，她的答案都非常简短，仿佛是在敷衍我似的。有时候我不停地问，可她却再也没有继续往下说。

与母亲不同，外祖母是个身材高大结实的女人。她的双手十分粗大，能够覆盖住整张宽大的桌子。她说话的时候，会描述事物。显然，她喜欢她所描述的事物：例如，花园里的蔬菜或牛棚后面的果园。很难想象外祖母是母亲的妈妈。母亲站在外祖母身边的时候，看起来就像一个苍白的影子。外祖母经常责备她的女儿碗里剩汤或碟子里剩一块蔬菜饼。外祖母对所有事物都有坚定的见解：如何种蔬菜，什么时候摘李子，谁是诚实的人，以及谁是虚伪的人。关于孩子，她的信念甚至更加坚定：孩子应该在天黑前上床睡觉，而不是等到九点钟才睡觉。而母亲却认为孩子在草席上睡着并没什么坏处。

外祖母并非总是如此坚定果断。有时候，她紧紧闭上她的眼睛，仿佛瘫坐着，向母亲讲述过去的故事。她所说的，我一点儿也没听懂，可我还是喜欢听她说。当她把我抱起来，将我高高举起，举到她的头上时，我觉得自己像个婴儿般脆弱。

外祖父又高又瘦，沉默寡言。早上，他早早地出门去祈祷，当他回来的时候，桌上摆满了蔬菜、芝士和煎蛋。只要有外祖父在场，我们所有人都缄口不言。他不看我们，我们也不看他。但是，在安息日前夕，外祖父的脸色会变得和悦。外祖母为他熨烫一件白衬衫，然后我们一起出发去犹太教堂。

走去犹太教堂的路很漫长，路上充满了奇观。一匹马一脸惊讶地站着，旁边是一个身高跟我差不多的小女孩。小女孩也是站着，凝视着。离他们不远处，一匹小马驹正在草地上打滚。那个强壮的、如水桶般的家伙背靠着草地躺着，双腿在空中乱蹬，仿佛是刚刚摔倒了，现在正发疯似的动来动去。我摔倒的时候，有时候也会这么做。随后，为了向所有人证明它刚刚并没有被打倒，它爬了起来。许多马、羊和山羊的双眼里露出了惊讶，它们的目光追随着小马驹的动作。它们很高兴小马驹站了起来。

外祖父一言不发地走着，可是他的沉默并不可怕。我们很快地跟着往前走，每隔几分钟就会停下来休息。有一刹那，我以为外祖父想像父亲一样给我看某个东西，告诉我那个东西的名字。可是，我错了。外祖父依然一声不吭，嘴里吐出的话又被吞了回去，让人难以理解。可是，他接着说出了一些我能理解的单词。"上帝，"他说道，"在天上，我们无所畏惧。"他一边说一边做手势。他的手势甚至比他的言语更容易让人明白。

外祖父去的犹太教堂很小，是木头做的。在白天的光线下，教堂像路边的小教堂。只是，这个教堂更加长，而且搁板上没有雕像或物件。教堂的入口很低，外祖父不得不弯腰才能通过。我跟着进去了。映入眼帘的是让人惊喜的东西：许多金色的蜡烛插在两个沙槽中，烛火散发出摇曳的光和蜡的味道。

祈祷的人群几乎都是默不作声。外祖父闭着双眼祈祷，摇曳的烛火映照着他的额头。所有在祈祷的人都在全神贯注地祈祷。我并没有在祈祷。不知道为什么，我突然想起了城市，想起了雨后潮湿的街。夏天，突然下起阵雨，父亲吃力地拉着我穿过狭窄小巷，从一个广场走到另一个广场。父亲不去犹太教堂；他热爱大自然的美，他也喜欢独特的建筑、教堂、小教堂和提供精杯咖啡的咖啡厅。

外祖父打断了我的思绪。他弯下腰来给我看那本祈祷书。纸张是黄色的，黑色的大字仿佛要从纸张里跃然而出。

教堂内所有的动作都是小心翼翼、不动声色的。我什么都不懂。有一刹那，我觉得约柜上的那些狮子马上要醒过来，从柜子上跳下来。祈祷是低声进行的。有时候一个较大的声音出现，带动着低语声。这里是上帝的家园，人们来这里是为了感觉上帝的存在。只有我不知道如何与上帝对话。如果我知道如何念祈祷书，那么我也能看到奇迹和秘密。可现在，我只能躲藏起来，不让上帝看到我的无知。

带领祈祷的人口中念念有词，加以润色，接着念念有词——他跳过了一些章节，朝右边和左边鞠了鞠躬。他离约柜最近，而且他试图影响上帝；其他所有人也抬起头，臣服于上帝的意志。

就在这一切进行的时候，插在沙槽里的蜡烛燃尽了。随后，人们脱下他们的祈祷披肩，他们的眼里闪烁着一种平静的惊喜，仿佛他们顿悟了一些他们之前无法参透的东西。

离开犹太教堂要花很长时间。老人最先离开，只有等老人都离开了，其他人才能一个接一个地离开。我早已迫不及待地想要出去。外面的空气清新，人与人之间相互交谈，而非与上帝对话。

又一次，我们踏上了归途。外祖父的嘴里哼着祈祷文，这是一种不同的祈祷，声音不紧张，旋律更为随意。天空中繁星点点；我们的头顶上星光熠熠。外祖父说人应该迅速地前往犹太教堂，慢慢地离开犹太教堂。我不理解为什么要这么做，可我没有提问。我已经留意到了：外祖父不喜欢问题和解释。无论什么时候我提问，随之而来的都是一阵沉默，答案总是姗姗来迟。即便给了答案，这些答案也都极为简短。我现在已经不介意这一点了。我也学会了保持沉默和聆听身边微妙的声音。这儿的声音与城市里的声音不同，频繁但音调不高，然而，有时候，鸟儿的尖叫声便能打破黑暗。

我们走了大概一个小时。当我们快到家的时候，外祖母出来迎接我们；她也穿着白色的衣服。母亲和我穿着我们平时穿的衣服。祈福式和节日大餐跟祈祷一样，安静地进行；只有我们四人准备迎接上帝和安息日。

不知道为什么，母亲在享用安息日大餐时总是闷闷不乐。有时候，我觉得她曾经和外祖父、外祖母一样，知道如何用自己的语言与上帝对话，可由于某种误会，她已经忘了那种语言。因此，安息日前夕，这种忧伤压在她的心头。

享用过安息日大餐后，我们到河边散步。外祖父和外祖母在前面走着，我们在他们身后跟着。夜晚，这条河的支流看起来更宽阔了。夜色渐浓，白色的天空渐渐在我们的头顶上延伸开。我伸出双手，感受白色的夜光径直洒在我的掌心。

"母亲。"我说道。

"怎么啦，我的宝贝？"

我已经忘了用来描述这种感受的词语。我无话可说，只好坐在那里，眼睛睁得大大的，让白色的夜将我淹没。

安息日前夕的祈祷不过是为安息日当天的祈祷做准备。安息日当天的祈祷持续好几个小时。外祖父完全沉浸在祈祷书中，我坐在他的身边看见上帝的到来，上帝坐在约柜上的那群狮子中间。我很震惊，外祖父似乎并没有对如此美好和奇妙的景象感到激动不已。

"外祖父——"我再也忍不住了。外祖父伸出一根手指放在他的嘴唇上，不让我提问。

过了一会儿，两个人走向约柜，坐在狮子群中的上帝消失了。他的消失是如此匆忙，仿佛从来没有出现过。那两个矮小的男人并不满足于把上帝赶跑：他们打开了约柜。约柜一开，人们径直将祈祷书放了进去。仪式进行到这里，我很遗憾自己不知道如何祈祷。两个和我年龄相仿的孩子已经像大人一样站着祈祷了。他们已经知道如何与上帝对话，只有我缄默不语。这种无法言语的无奈让我的内心泛起一阵悲伤。我越来越悲伤。我想起了城市里那个我与父亲偶尔闲坐的公园。那是一个平平无奇的公园。人们安静地坐在长椅上。我意识到他们之所以安静是因为他们不知道如何祈祷。然后我的思绪马上被拉回到了现实。就在此时，训示书卷轴被拿出了约柜且被高高举起。所有的目光都移向训示书，我的脊背一阵发凉。

在教堂正中央的诵经台上朗读训示书就像是一个天大的秘密。在我看来，一旦不再低声耳语所有的这些秘密，所有的人都会消失，只剩下我独自留在这里面对住在约柜里的上帝。四个人包围着训示书，对着训示书说话，仿佛上帝在这个羊皮卷卷轴上是有形的。那一刹那，我很震惊——无边无际的上帝竟然把自己压缩进了这个小小的平台里。

接着，他们卷起训示书，然后热情高涨地唱了起来。站在诵经台上的四个人提高了他们的声音，似乎在试着忘却自我。赞美诗歌演唱完毕后，训示书被举了起来，随后被放回了约柜里。约柜的门被关上了，外面的帷幕，那块带着刺绣的窗帘也被拉上了，仿佛把约柜锁上似的。有那么一刹那，我以为这是一个梦，以为当我从梦里醒来时父亲会带我走出这个奇幻世界，带我回到城市，回到宽阔的十字街道和我深爱的家里。

"你为什么不出去玩？"外祖父轻声对我说。这让我得以解脱。

我站在外面的两棵大树旁。我觉得我离自己很遥远，离自己的梦想很遥远，以至于我会有莫名其妙的想象，值得庆幸的是，我离开了，我重归自我，重归到在地上投下沉重影子的树木旁。

我再一次望着犹太教堂的建筑风格。它的结构松散摇晃，若不是包围着它的常春藤将其固定在一起，单凭它自己那快要散架的骨架，它能否站立还是个未知之数。突然，我莫名地感到一股巨大的恐惧——我害怕片刻后人们会从这座建筑中出来，抓住我，把我拉进去。这种恐惧是如此地真实，我能感受到陌生人的手指按在我身上，戳在我身上，我甚至能感受到深深的划痕。

"父亲！"我张口大喊道，我开始跑了起来。跑了一段路后，恐惧消失了，我回到了犹太教堂入口处的那两棵树旁。现在祈祷仪式正安静地进行着，我走了进去。外祖父正在全神贯注地祈祷，并没有注意到我已经进来了。我站在他的身边，望着那个看起来依然被沉重的刺绣窗帘锁住的约柜。我试图理解人们与上帝对话时的对话，可是他们说的那么多话中，我一个词也不理解。如今，一切都很清楚明白：我没办法开口说话。每个人都在低语，努力地低语，只有我没有开口说话。我凝视着，尽管我的双眼疼痛。我永远也无法向上帝提问，因为我不知道如何用他的语言进行交谈。我的父亲和母亲也不知道如何用他的语言进行交谈。父亲曾经告诉过我："所见即所有。"当时我并不理解这句话，可现在我似乎已经明白它的含义了。

我还没反应过来，祈祷仪式就结束了。最后一次祈祷满怀激情，仿佛在为下一轮的祈祷做准备。仪式结束了，那些祈祷的人站了起来。其中一个老人朝我走来，询问我的名字。我很害怕，我紧紧拽着外祖父的大衣。那个老人盯着我看，并没有再问我其他问题。随后，小小的蜂蜜蛋糕和小杯的干邑白兰地被端了出来。祝福声和酒香飘荡在空气中。

随后，我们踏上了回家的青翠小径。太阳高照，放牧人在牧场放牧。这片安详的景象让我想起了另一个地方的别样的安详景象，可我不知道那是什么地方。我们穿过草地，进入植被稀疏的森林。森林里有一些废弃的建筑。建筑的入口虽宽阔但很阴暗。路上，我们遇到外祖父的一个熟人，一个鲁塞尼亚农民。外祖父和他交谈了几句，我一个字也没听懂。然后，我们站在山脊上，我们似乎感受到一阵巨大的涌动——玉米田里浪潮涌动。

快到家的时候，我看见穿着白色衣服的母亲站在家门口。我觉得母亲似乎马上就要飞起来，径直冲我飞来。这一次，我猜对了。母亲飞快地朝着我们跑过来，仿佛她不是我的母亲而是一个年轻的鲁塞尼亚姑娘。短短几秒钟后,我就在母亲的怀里。我们一起在高高的草丛里待了一会儿。

下午,我们坐在院子里。外祖母给我们拿了长条面包和加了奶油的草莓。母亲很美,她的头发散落在肩上,长长的府绸连衣裙在阳光下闪闪发光。我在心中默念:从今以后,就这样幸福下去吧。然而,即便我偷偷沉浸在这快乐之中,悲伤依然笼罩在我的心头。虽然只有一丝悲伤,我几乎感觉不到它的存在,可它正慢慢地、悄无声息地爬满我的心头。我突然号啕大哭。心情极佳的母亲将我揽入怀里,可我已经被压倒,被悲伤和恐惧所困,我拒绝他人的安慰。我不由自主地放声大哭,我知道这是最后一次在村子里度过夏天,我知道今后光线会变暗,窗外是无尽的黑暗。

果不其然,安息日过后的晚上,父亲来了,身上带着城市的拥挤喧嚣风尘仆仆地赶来。母亲匆忙收拾行李,外祖母拿出一整箱白纱裹着的果酱、一箱红苹果,以及两瓶自制的樱桃酒。马车不错,但是马车上并没有多余的位置装所有这些东西,车夫只能把这些珍贵的礼物塞进座位下面的暗处。外祖父站在门边,看上去似乎被人从自己的世界里连根拔起。他的眼神里散发出一种阴郁的哀伤。他无比温柔地与母亲拥抱。

我们坐着马车飞快地赶路,以便赶上最后一趟火车。在火车上,我再次不由自主地号啕大哭,母亲使出浑身解数想让我冷静下来,可眼泪从我眼里喷涌而出,沾湿了我的衬衣。父亲失去了耐心,他问我哭的原因。虽然悲伤袭上心头,痛苦似乎永无止尽,可我却无法用任何言语来解释。父亲越发生气了。最终,他忍不住说道:"你再哭,我就打你。你五岁了,五岁的小孩不应该毫无缘由地哭。"

这一次,几乎从不生气的、每次出差回来总是记得给我带礼物的父亲是如此让人害怕,我竟停止了哭泣。然而,母亲理解我的痛苦,她抱着我,紧紧地抱着我。我倒在她的大腿上,渐渐进入梦乡。

第二章

我母亲的叔叔费利克斯姥爷是个高大强壮、沉默寡言的人。他拥有一片延伸至广阔田野、牧场和森林的庄园。他甚至拥有一个私人湖。他的家坐落在这片庄园的中心，周围还有招待所、办公室和仆人住宅区。

母亲和我会在春天和夏天拜访他，在他这里待上一两个星期。表面上，他的外貌给人的感觉他是一个非常庸俗的人，但他的书斋里装满了宗教经书，有几本还是初版书。他在翻开希伯来文书籍之前会在头上戴上一顶犹太小帽子。他终身严格遵守的宗教戒律有两条：每日祷告和每日学习一页《塔木德》。当他披上祈祷巾、佩戴上经文护符匣时，他那看似思想自由的样子会马上消失。他全神贯注祈祷的样子像一个严守教规的犹太人。他学习的方式也和严守教规的犹太人的学习方式一样，都是伴随着单调的旋律。他十分注重隐私，只有几个人才知道这些事情。他在外面并没有表现出虔诚的信徒的样子。他的打扮和大多数拥有大片庄园的地主一样，穿西装、白衬衫，戴一条与西装搭配的领带。然而，与大多数地主不同的是，他的品位高雅。不难发现，他的西装优雅而低调。

他会说多门语言，而且小心翼翼地使发音准确。他能说一口流利完美的德语。他写的关于农业问题的文章不仅在首府切尔诺夫策出版，而且还在伦贝格和克拉科夫出版。这些文章因其准确的语言和明晰的风格而被高度赞扬。费利克斯姥爷的职业是一名农学家，可他接受的教育远不止于此。他有一个书柜专门装哲学书籍，一个书柜装语言学书籍，以及几个书柜装文学书籍，更别提他还收藏了许多农业书籍。我喜欢翻阅他的农业书籍。我会在这些书籍中看到田野、果园、动物和森林的图片。费利克斯姥爷一直允许我翻阅他书斋里的书，因为他知道我不会撕烂书籍，知道我会小心翼翼地翻阅。

有时候，我觉得马是他的最爱。在这片庄园里，有一个马厩。马厩里全是骄傲高大的马匹。这些马匹由两位马夫照料。虽然费利克斯姥爷年事已高，可他不需要人帮忙就能爬上马背。有几次，他的马夫把我举起来放到马背上，我和姥爷一起骑马。我很害怕，既害怕又高兴。我很快就忘了害怕。我们骑马穿过田野和草地，抵达森林。森林的深处是一片湖。虽然湖面极宽，但是到了夜晚，整个湖看起来像是封闭的，深不可测。黄昏掠过漆黑的湖面，整个湖看起来像是某只恐怖动物的巨眼。我们回来的时候，母亲会高兴地等着迎接欢迎我们。那时，我四岁，或者，可能是四岁半。

我很少看见姥爷的妻子瑞吉娜姥姥。姥姥疾病缠身，大多数时间都是躺在自己的房间里休息。照顾她的那位女佣跟她长得很像，像是亲姐妹似的。两人的不同之处在于瑞吉娜姥姥躺在床上,而女佣则尽心尽力地、不分昼夜地照顾她。瑞吉娜姥姥的房间很宽敞,房内给人一种庄严肃穆的感觉,或许是因为即便是炎热的夏天,房内也是一片阴郁。我很少和瑞吉娜姥姥说话。她会望着我,但从来没有问过我什么问题。显然,她的大脑已经被疼痛所麻痹,又或者,可能她神志不清,根本没看到我。瑞吉娜姥姥对法国文学了如指掌,她年轻的时候曾经写过一本关于司汤达的小书。我的母亲不喜欢瑞吉娜姥姥,可对她所接受的教育却高度赞赏。

给费利克斯姥爷带来骄傲和愉悦的是他在维也纳和巴黎收购的画作——包括莫蒂里安尼的画、马蒂斯的版画和一些很棒的水彩画。这些画作与房子里的家具完美地搭配在一起。费利克斯姥爷那一代有钱的犹太人都在房间里塞满昂贵而笨重的家具;他们在墙上挂伤感的油画;在客厅里四处摆放过多的花瓶和玩具;在地板上铺上笨重、庸俗的地毯。费利克斯姥爷十分了解这些有钱的犹太人——了解他们的贪婪和物欲——兴致来了的时候,他会模仿他们。他尤其喜欢模仿他们口中蹩脚的德语,模仿他们对犹太知识的无知,模仿他们庸俗的打扮风格以及缺乏礼仪的行为。他甚至模仿他们对待妻子的方式。他憎恶他们,总是和他们保持距离。

费利克斯姥爷没有孩子。年轻的时候,他们收养了一个鲁塞尼亚小孩,并且全心全意地照顾他。然而,那孩子在七岁那年却逃回了自己的村子,逃回到自己那神志不清的母亲身边。他不愿意回到养父母的身边。我不停地追问母亲关于那个鲁塞尼亚男孩的事情。母亲告诉我一些关于他的消息,但并没有详细说。由于某种原因,我能理解那

17

个男孩，而且能想象他从费利克斯姥爷的房子逃回他母亲的小屋的情形。

有时候，我们也会在冬天拜访费利克斯姥爷。冬天，雪不停地飘落，整片庄园银装素裹。我喜欢坐在熊熊燃烧的炉火旁，聆听木柴发出噼里啪啦的声音。夏天，白天漫长，一直延伸到黑夜。冬天，白天很短暂，如一阵风飘过似的。短暂的阳光灰蒙蒙的，消失在正午。

傍晚，费利克斯姥爷的庄园提供各种简餐。四点的时候，提供茶和点缀着樱桃的雪梨蛋糕。七点的时候，提供一顿丰盛的晚餐。我们会安安静静地慢慢享受晚餐。在费利克斯姥爷的家里，很少听到说话声和争论声；更没有人说废话。大多数晚上，我们会读书或听音乐。我在许多安静的房子里待过，但是费利克斯姥爷家的安静有种与众不同的特质；那种安静是房子本身所有，给人一种愉悦的感觉。

有时候，瑞吉娜姥姥会从病床上起来，出现在客厅里。费利克斯姥爷会站起来迎接她。显然，她几乎已经无法忍受病痛了。有时候，我们什么也做不了，只能叫医生过来，但大多数时候，那个照顾她的女佣会让她回到床上，帮她按摩后背和腿，安慰她说她很快就会好多了。

瑞吉娜姥姥不习惯见陌生人。有一次，她出现在客厅里，看见我正坐在地板上翻阅一本书。"这是谁家的小孩？"她转身冲女佣说道，仿佛我不是她的侄孙子，而是一个陌生的小孩。除了这些不愉快的小插曲外，在姥爷庄园里的日子总是波澜不惊、安安静静。

费利克斯姥爷是个和蔼慷慨的管理者。从来没有工人抱怨过自己的工资低。姥爷的政策反映了他的自由哲学思想：给予工人越多，得到的回报亦越多。姥爷十分富有，但他并不像那些暴发户一样守财如命，对他人的需求视而不见。

冬天，也有天气晴朗、阳光普照的日子，我们会乘雪橇从山坡上迅速滑下来。有时候，我的父亲也会加入我们的冒险。我会被放在一个有利的位置，可以看到雪橇滑行的情况。费利克斯姥爷也很擅长滑雪橇。尽管他的年事已高，可他还能像年轻人一样在弯道里滑行。父亲和母亲或许会摔倒，费利克斯姥爷可不会。

甚至连费利克斯姥爷庄园里的树木也比我见过的树高一些；这里的风景更加秀丽，仆人的身材似乎更加高大，几乎要碰到屋顶了。费利克斯姥爷的一生以及他的庄园都带有传奇色彩；这些故事大多都是有趣的，但有的故事却骇人听闻。发酒疯的醉汉手持斧头、嘴里诅咒犹太人和他们的财富，把女佣吓跑了；马儿把马夫摔下来，逃离马厩后在院子里发疯。有一年夏天，我来这儿拜访的时候，某天晚上，一个婴儿被放置在房子的门口；仆人第二天发现了襁褓中的婴儿并通知了姥爷。

在姥爷的庄园里，日子很安静，但不是绝对地安静。夜晚，鸷鸟的叫声划破夜空，狼群嚎叫。费利克斯姥爷坦率地对待大自然。他从小就喜欢植物和动物。他的父亲是个上了年纪的犹太拉比，并不喜欢自己儿子的生活方式或职业，但他也并没有进行说教，因为他自己在内心深处也默默地喜欢动物：他在花园里养蜂。

1937年的夏天，生活发生翻天覆地的变化。政府开始反对闪米特族，警察支持暴民和下流社会。界限变得模糊，晚上常常发生抢劫事件。费利克斯姥爷——从年轻的时候就生活在这片庄园，他修建了房子，耕种过田地，保护了森林，融入了非犹太人的社会——不仅仅试图坚持，还想反抗。晚上，他会戴上他的羊毛帽子到外面抓盗贼。有一天晚上，他抓到了一个约莫十五岁的小贼。那小贼以上帝的名义起誓绝对不会再偷东西了。费利克斯姥爷并不满意这个誓言，坚持要他发一个更加具体的誓言。那年轻的小贼害怕地直接跪下来哀求，随后突然哭诉了起来。费利克斯姥爷放他走了，那小贼像一只突然被释放的动物朝着门口的方向逃去。

那年夏天，瑞吉娜姥姥去世了，根据她的遗愿，我们为她举办了一个世俗的葬礼。她要求被埋葬在这片庄园里，埋在俯视峡谷和小溪的其中一个山丘上。深爱着她以及她的奇思妙想的费利克斯姥爷竭尽全力地完全按照她的要求完成她的遗愿。在她的坟墓前大声朗读里尔克的诗，在她的坟墓前放置一捧鲜花，请四重奏乐团演奏莫扎特的奏鸣曲。这个四重奏乐团是从切尔诺夫策请回来的，他们在为期七天的丧期内不分昼夜地演奏。瑞吉娜姥姥留下了一张曲子清单，他们就按照清单的顺序演奏。

瑞吉娜姥姥讨厌传统的犹太仪式。多年来，费利克斯姥爷一直试图改变她的想法。曾经，一位犹太人穿着传统的服装来到庄园。当她看到那位客人时，她开始歇斯底里地大叫，仿佛房子里闹鬼了。

瑞吉娜姥姥死后，费利克斯姥爷变了，他变得越来越孤僻。有时候，他会到镇上看我们，坐在我们家的客厅里喝柠檬茶。父亲和母亲很钦佩他。我们都知道他是个知识渊博的人，但他从不卖弄学问。他从不固执己见或骄傲自大。他会给我带来特别的玩具，会把我当成成年人一样与我交谈，因为他认为孩子天生感受力强、天赋高，我们应该聆听孩子的声音。他能够引用拉丁习语和《塔木德》的原话来支撑他的这个观点。

我曾经听他对母亲说："真遗憾！犹太人不知道自己拥有的文化是多么优秀。如果他们知道的话，他们会像孩子一样哭泣。"

他来城市的时候，会住在我们家。他喜欢的那家酒店已经破产了，而他无法忍受其他的酒店。他每次来镇上都会从他的藏品中拿出一些珍贵的东西送给我们。母亲会责怪他，可费利克斯姥爷争辩说没有人知道自己什么时候会与世长辞，他情愿在自己在世的时候将自己珍贵的东西分给所爱之人。姥爷送给我一把精致的意大利古董小提琴。费利克斯姥爷曾经测试过我的听力，还说："听力很好。你应该有把小提琴。"

而我，则答应他每天至少练习三个小时。

甚至连姥爷自己也不知道他是多么地有先见之明：情况逐月恶化。起初，他与小偷和强盗作斗争；当得知警察实际上与盗贼同流合污时，他就开始对抗警察。然而，从该地区官员支持暴动的煽动者的那一刻起，费利克斯姥爷别无选择，只能把他的家当装进卡车里，到城市里生活。他把他的东西存放在我们的大仓库里并以极低的价格将他的庄园出租了。

费利克斯姥爷住在我们附近的一所公寓里，每周来看我们一次，有时候两次。他不再穿着以前在庄园里穿的那些精致的西装，而是穿休闲的衣服。休闲的衣服突出了他的银发，更添加了他的魅力，我从未听过他抱怨或责备任何人。如果提及瑞吉娜姥姥，他的额头会掠过一丝哀伤。虽然他和瑞吉娜姥姥没什么共同之处，但他们关系很亲密。母亲竟能指出这一点，这让我感到很惊讶。

费利克斯姥爷把大多数的艺术收藏品都转送给了我们。那些画作改变了我们家的样子；我们家开始变得有点像博物馆。我的母亲对这些收藏品感到万分骄傲并邀请了我们家的几位朋友来欣赏。

即便生活变得艰难，费利克斯姥爷依然保持冷静。费利克斯姥爷的一位老朋友、一个乌克兰庄园的地主想要把姥爷藏在自己的庄园里，但被姥爷拒绝了。在那段贫困的日子里，他和我们住在一个房间。那些珍贵的收藏品放在我们这里，可我们不知道如何拯救它们。最终，姥爷把它们交付给当地一个银行的行长。行长答应会一直保管这些收藏品，直到糟糕的日子结束。有一天晚上，行长过来取这些收藏品。他的身材高大，双手很大。我知道我们再也不会见到这些珍宝了。

冬天来了，我们紧紧地靠在一起取暖。没有柴火可以燃烧取暖，也没有水。费利克斯姥爷曾是澳大利亚军队的军官，即便在那段黑暗的日子里，他还是保持挺直的体态。

后来，在被放逐的途中，在整个穿越乌克兰大草原中心的漫长路途中，费利克斯姥爷帮助埋葬死者，使其免受鸷鸟啄食。他自己死于斑疹伤寒，病死在一个谷仓里。父亲想要把他埋葬，却找不到一把铲子。我们把他放在了一堆干草上。

第三章

1937年的夏天,我的母亲和我乘坐夜班火车回家。我不知道为什么我们要匆匆结束度假,离开我们度假的村子。我们乘坐的是豪华的头等车厢,车厢一半是空的。母亲在阅读一本书,我则快速地翻阅一本画册。蛋糕和香烟的味道夹杂在一起,飘进车厢里。一边快速地翻翻画册、一边四处张望是件愉快的事情。母亲问我是否累了,我说我不累。

随后,光线变暗了。母亲合上了书,渐渐睡着了。我仔细地听着车厢内细微的沙沙声,听了好长一段时间。然后,一个身材高大丰满的女服务员突然出现在车厢另一端的黑暗处。她直接蹲下来跪着看着我,问我的名字。我告诉了她我的名字。

"你多大了?"

不知道为什么,这个问题把我逗乐了,可我还是告诉她我五岁了。

"你要去哪儿?"

"回家。"

"漂亮的男孩回漂亮的城市。"她说道。她的话并没有让我觉得好笑,可我还是笑了。这时候,她伸出她那两个大大的手掌说道:"把你的手给我,好吗?难道你不想做我的朋友吗?"

我把手放在她张开的掌心。她亲吻了我的双手,然后说道:"漂亮的手。"我感到体内涌过一阵莫名的喜悦。

"跟我走,我给你一些好东西。"她一边说着,一边把我抱起来,抱得紧紧的。她的胸部很大,很温暖,可是抱的高度让我头晕眼花。

车厢的尽头是她的小卧室。卧室里有一张折叠床、一张小的化妆台和一个衣橱。

"来,我们给你找些好看的东西。你喜欢什么?"她问道,然后把我放在她的折叠床上。

"土耳其的碎芝麻蜂蜜糖。"不知道为什么,我说道。

"土耳其的碎芝麻蜂蜜糖,"她相当吃惊地说道,"只有农村的孩子才吃土耳其的碎芝麻蜂蜜糖。家庭出身好的孩子喜欢品尝更精致的东西。"

"那是什么?"

"我马上就给你看。"她说道。她抱着我的双脚,迅速地脱掉我的鞋子和袜子,然后把我的脚趾塞进她的嘴里。"好吃,真好吃。"她说道。

这种触碰让我感到愉悦,可也让我有点颤抖。"好了,让我们给这个英俊的小伙子吃点好吃的。"她说着便从她的小钱包里拿出一条巧克力。那条巧克力被简单地包在一张纸上,是一个廉价的品牌的巧克力,品牌的名字叫康味。这种巧克力在我们家是廉价和粗俗的代名词。

"难道你不想尝尝吗?"

"不想。"我说道,接着笑了起来。

"很好吃的。"她一边说着,一边把包装撕了,给我看棕色的巧克力。"尝尝看。我喜欢这种巧克力。"

"不,谢谢。"

"那——你喜欢什么巧克力?你这个被宠坏的小宝贝?"

"苏查德。"我诚实地告诉她。

"苏查德。那是高级的巧克力——没有味道的巧克力。巧克力应该实在,有很多坚果。"

她马上把我抱起来,抱着我转圈圈,把我紧紧贴在她那高大的身体上。"苏查德是富人吃的巧克力,那种巧克力很快就吃完。可我们喜欢吃很多巧克力。明白吗?"

我并不明白,但我还是似懂非懂地点了点头。

"火车什么时候停下来?"不知怎么地,我突然问道。

"这是特快列车。特快列车只在终点站停,这辆列车的终点站是切尔诺夫策。"她说着,露出了她的方牙,然后继续轻抚着我的脚底。

"舒服吗?"她问道。

"非常舒服。"我忍不住告诉她。

"我会一直陪你玩到明天早上。"她说道,然后笑了。当她正揉捏、亲吻和轻拧着我的身体的时候,这间小房间的门开了。门口站着我的母亲。

"你在干什么？"她的眼睛睁得大大的。

"没什么；我们在玩耍。欧文无聊了，想要玩。"

"欧文从来不会觉得无聊。"我的母亲更正道。

"你睡着了，而欧文觉得无聊。不该让像欧文这样英俊的小伙子感到无聊的，不是吗？"她把脸转向我。不知道为什么，母亲一直盯着我看。她并没有生气，可她那僵硬的笑容暴露了她的疑虑。

"你在这儿很久了吗？"母亲问道。现在我知道有点不对劲儿了。"我们走吧。"她一边说着，一边伸出了她的手。

"欧文是个非常聪明的男孩。"那个女服务员说道，她试图争取母亲的好感。

"可他不够小心。"母亲忍不住说道。

"既聪明又小心，我向你保证。"女服务员说道，她说话的样子像一个农村妇女。

母亲并没有回应她，而是果断地把我拉向走廊。

"你们做了什么？"我们快要坐下的时候，母亲问道。

"我们聊天了。"

"你应该更小心些的。"

"为什么？"

"因为这种人不知道界限是什么。"

火车继续前行。黎明的第一束光给乌云染上玫瑰粉色。母亲一言不发。她不愿意搭理我。毫无疑问——她生气了。

"母亲。"

"怎么了？"

"我们什么时候到家?"

"快了。"

"父亲会在车站接我们吗?"

"应该是的。"

我想要安抚她,所以我说:"七乘以七等于四十九。"

听到我说出这句话,她抱了抱我。

"我保证下周我就学会整张九九乘法表。"

没有人敦促我用心学习乘法表,但是,我知道这会让母亲开心。

"但你应该更小心些。"她还没有忘记我的过错。

父亲正在车站等我们。我跑向他。他把我抛在半空中,然后亲吻我的脸颊。

"旅途怎么样?"父亲温柔地问道。

"还行。"母亲冷淡地说道。

"火车误点了吗?"

"没有。"

"那就好。"父亲以一种他最近学会的语气说道。

第四章

一九三八年是糟糕的一年。流言四起。显然，我们陷入了困境。我的父亲给乌拉圭和智利的亲朋好友发电报，他甚至试图获得去美国的签证，但都没有用。再也没有什么事情进行得很顺利。之前常来我们家做客的人、之前是我们值得信赖的商业伙伴或者童年玩伴，突然表现得好像他们不认识我们，或者突然变成我们的敌人。绝望无处不在。然而，令人惊奇的是，即便在这种时候，我们当中依然有人盲目乐观地认为事件的每一个转折都是往好的方面发展；他们能够挥洒自如地证明希特勒的力量不过是镜花水月而已，德国最终将会恢复以前的样子。他们认为这只不过是时间问题。父亲觉得我们脚下的路越来越少，于是他尽可能寻求任何可能的帮助。

春天，我们获悉外祖父，即我母亲的父亲染上了一种致命的疾病，已经时日无多了。外祖父平静地接受了这一事实。他那如月亮般明亮的目光似乎变得越来越像猫头鹰,越来越敏锐。

一天晚上,他告诉我的母亲:"生离死别不过是镜花水月。生死更替远比人们想象中容易得多。不过是换了个地方,进入了一个新阶段罢了。"

听罢,我的母亲哭得似个婴孩。

外祖父的日常生活习惯一点儿也没有改变。早上,他出门祈祷,从犹太教堂回来以后,他会坐在阳台吃点东西。对他而言,坐在外面的阳台上算是为每天的学习做准备。有时候,他会连着好几天把同一本书带在身边,有时候又会换书,可他桌子上的书从来不会超过一本。

父亲四处奔走,晚上他回来的时候,他的脸更阴沉了。我的母亲试图做他喜欢吃的菜来让他高兴些。吃完饭后,他会坐在沙发上,双眼紧闭,陷入沉思。

死亡无处不在。然而,在外祖父的房间里,却找不到它的身影。外祖父的房间里,窗户总是开着的,窗帘随着微风飘来飘去。有时候,我的母亲会给他送去一杯加了柠檬的茶。外祖父会谢谢她,然后问她一些事情,我的母亲会坐在他的身边。显然,他很爱自己的女儿,有女儿在身边让他感到快乐。

所有人都试图向外祖父隐瞒他的健康情况,也试图向他隐瞒我们身边发生的事情。然而,外祖父对所有的事情都一清二楚,他不允许自己有一丝的疑惑或糊涂。他谈及死亡,就像过去他谈及将要踏上的漫长的旅程一样。外祖母还在世的时候会试着让他多打包一件大衣或毛衣，可外祖父喜欢轻便的行装。这个理由也适用于现在：路途并不遥远，一路无所畏惧。

每天，我都会去看他一次。他会轻轻地摸着我的脑袋，指着他正在学习的书上的字给我看，并告诉我一则短故事、传说或寓言。他曾经告诉我一则故事，我并不理解。当他看到我不理解，他说道："不要紧，最重要的是你能好好珍惜这个上午。"可是，连他说的这句话我也不理解。尽管如此，这件事还是像一个好玩的谜语一样，让我记忆犹新。有时候，我觉得外祖父并不属于我们，而是从其他地区来我们这儿拜访——他是如此地与众不同。

那年春天，他仍然住在那个他自己、他的父亲、他父亲的父亲出生的村子里。起初，他不愿离开他的农场，可他的情况恶化了，需要到医院治疗，他同意来城市里治疗。母亲为他收拾了一个房间，然后坐马车去接他。就这样，外祖父和我们住在了一起。

自外祖父到来的那一刻起，母亲就完全变了。她变得闷闷不乐；如今她经常忧心忡忡地在厨房和外祖父的房间里来回走动。外祖父从未开口说过需要什么，可母亲完全知道他的需求。当母亲把李子蜜饯端给他的时候，他的脸上会露出一丝短暂的喜色。李子蜜饯是他最喜欢吃的东西之一。

早上，他会挪动身体，起床，然后出去祈祷。显然，他的信仰比他日渐衰弱的身体强大。母亲常常试图劝他不要一大早去犹太教堂祈祷，可他不听劝告，即便是他女儿的劝告，他也不听；进行祷告似乎为他的身体注入了新的力量。从教堂回来的时候，他的精神好多了，如同神迹。

有时候，他会因为思念村子而不堪重负。他的思念是真实有形的，仿佛这份思念让他与树木以及围绕在他家里的小溪更亲近。如今，他的房子上了锁，两个农民正照料着他的果树和菜园。家禽及其他农场动物早就卖出去了，只剩下一头奶牛。那头奶牛是外祖父要求一定要留下的。有一次，我听到他告诉母亲："带我回村里，拜托；远离我的家让我很难受。"

母亲犹豫了一下。"我们先听听医生怎么说。"她说道。

晚上，费尔德曼医生来了一趟，建议外祖父以他目前的情况，最好待在医院附近，而不是在远离城市五十公里左右的村庄里。外祖父听后说道："也只能这样了。"

我们家没有训示书，也不遵守宗教礼仪，可自从外祖父来了以后，我们家的生活方式发生了翻天覆地的变化。母亲把厨房变成完全符合犹太教的样子，我们只吃斋菜；安息日，我们不生火，若父亲想抽烟，他会到房子后面或附近的街道上抽。

我们家年迈的女佣维多利亚十分尊重外祖父。她每天都会擦一次外祖父房间里的地板。我听到她对母亲说："不是所有人都像你一样幸运，能拥有这么好的父亲。他真是一个值得尊敬的人。"

维多利亚可能会说一些让我感到害怕的话。有一次，她说："犹太人已经忘了上帝在天堂里。"

"并不是所有的犹太人都这样。"我的母亲抗议道，试图软化她的语言。

"早上在教堂里祷告的人勉强达到法定的人数。"维多利亚坚持自己的立场。

我坚信上帝就在天堂，上帝不仅掌管着天上的星星，也管理着祂的子民。我从另一个仆人那里学到了这个信仰，那个仆人曾经暂时顶替维多利亚在我们家帮忙干活。她的名字叫安娜玛丽亚。安娜玛丽亚比维多利亚年轻而且貌美如花，她不停地重复告诉我上帝在天堂，上帝不仅掌管着星星，而且还管理着祂的所有子民。

下午的时候，外祖父会从他的床上起来，走到阳台里。外祖父从不提及他的信仰，但他的所有行动都体现了他的信仰。有时候，我觉得他很寂寞，因为没有人理解他，可有时候，我又觉得他的房间里充满了活力——充满了前来拜访他的、无形的客人，充满了他与之进行无言的沟通的客人。

父亲和母亲有时候在厨房里争吵，他们争吵的时候，双拳紧握，滔滔不绝地试图说服对方。吵不下去的时候，他们就会分开，陷入沉默。然而，外祖父的沉默是不夹杂着怒气的，更像是可以把头躺在上面的沉重枕头。外祖父和我们住在一起后，父亲不再批评犹太人以及他们的宗教信仰。他变得孤僻、沉默寡言，在厌倦了叫我们去拿报纸而我们却毫无反应之后，他会径直走进厨房，母亲会为他倒一杯咖啡，在两片面包上涂抹果酱。父亲会心不在焉地快速吃东西，转眼便把两片面包吃完。

那一年，家里的气氛就是这样：外祖父沉着冷静，父亲心烦意乱。有时候，一般是晚上，父亲会带我出去，我们会在外面闲逛好几个小时。他喜欢夜晚安静的、铺着鹅卵石的街道。他会大步流星地走过一条又一条的街道，而我则跟在后面快步小跑。有时候，他会停下来说点什么：一句话或几个字。我不知道他的这些话是对谁说的。有时候，他的内心涌出一种突如其来的、陌生的幸福感，他或许会开始大声歌唱。我们就这样到达了河边。父亲喜欢这条河，我不止一次见他弯下腰望着河。有一次，他对我说："比起土地，水与我们更亲密。"然后，他笑了，仿佛自己刚刚说了胡话。这些匆忙的外出活动并不全是令人愉悦的，可我对它们的记忆比对我以前拜访过的房子的记忆更加深刻。

我当时不可能知道那段日子是我们一起在家度过的最后的日子，可我还是一直告诉自己，我要陪在外祖父的身边，要看着外祖父。我觉得自己的视线不可以离开正在阳台里坐着的外祖父，不可以离开正在全神贯注地看书的外祖父。也不可以忘记坐在外祖父的身边的母亲。我感觉到接下来的日子会很糟糕，但没有人能想到浪潮已经全力地涌向我们。我会躺在床上好几个小时阅读儒勒·凡尔纳的作品，会自己一个人下象棋并为父亲如此心不在焉感到难过——父亲早上不刮胡子便匆忙离家。

有时候，我觉得父亲正试图挖一条可以拯救我们的地道，可挖掘工程的进度太慢了，能否及时完成尚且是个未知之数。同时，他正试图给我们找船上的舱位，希望能够带我们前往直布罗陀。每一天，我们都奋不顾身地试图挣脱紧紧套在我们身上的枷锁。然而，母亲担忧外祖父的病，对父亲的话——或者，更准确地说，对父亲的计划——完全没有放在心上。对于母亲的不管不顾和心不在焉，父亲紧张不安地耸耸肩；他们互相说出难听的话，提及一些我从未听过的人名或地名。

死亡在我们的四周埋伏，可父亲似乎认为如果我们足够认真地尝试，或许我们有喘息的机会，甚至可能可以得救。"我们不能放弃。"他会说。很难知道他所说的"放弃"指的到底是什么，可他总是对自己最为苛责，几乎从未苛责过我们。有一次，我听到他对外祖父说："我们需要神圣的怜悯，充足的怜悯。"我很好奇这样的语句为何会出自他的嘴里，我觉得外祖父也被吓了一跳。家里有如此多难以理解的悄悄话，我们仿佛生活在扰人心绪的谜语之中。

母亲有时候挥挥她的手，仿佛试图赶走恶灵。不知怎么地，这些手势让父亲勃然大怒。父亲说他们现在需要的是冷静的头脑而非绝望。然而，绝望就在我们面前。有那么一会儿，母亲振作了起来，可是，我旋即觉得她可能会再次突然痛哭起来。

夏天快要结束的时候，在一个天气晴朗、天空万里无云的日子里，外祖父睡着了，然后再也没有醒过来了。维多利亚注意到他已经停止了呼吸，马上跑去找母亲。母亲知道后跪了下来，一言不发。当她注意到我在门口的时候，她抓住我说道："你在这儿做什么？"她马上带我去找我们年迈的邻居霍洛维茨太太。我不想去，然后大发脾气。一定是我的尖叫声让我的母亲更加坚决，因为她随即就扇了我一个耳光。霍洛维茨太太拿出一个包装在金箔里的糖果说道："别哭，孩子。"

我既生气又丢脸，就躺在地上，双腿不停地乱蹬。那天深夜，疲惫又疑惑的我被带回了家。

家里已经变得面目全非。家里挤满了人。维多利亚正为客人端上小杯的咖啡，客厅里烟雾缭绕。父亲远离人群，他的头上戴着一顶犹太小帽子，身体摇摇晃晃的，像个醉汉。母亲坐在铺着一张地毯的地板上，她的周围都是陌生的人。人们没有谈论外祖父的去世，而是谈论实际的事情；或许他们这么做是为了转移母亲的注意力，可母亲的注意力并没有被转移。她那双大大的眼睛睁得很大。

突然，我觉得所有人都对死亡远去感到称心满意，对能够坐着喝维多利亚端上来的咖啡感到称心满意。这种仿佛没有任何事情发生的感觉让我很难过，我逃回了自己的房间。令我惊讶的是，连我的房间都挤满了人。

这一次，父亲没有畏畏缩缩。他当着所有人的面，当场嘲笑说部落丧葬习俗不尊重死者且没有一点品位。他尤其猛烈攻击公墓组织在诵读经文的时候敷衍了事，匆忙地把铲子递给送葬者——接着还要求除了支付费用之外还要进行捐赠。我知道父亲并不赞同犹太人的丧葬习俗，可这一次他把自己的怒火毫无保留地发泄出来。他是这样总结他那慷慨激昂的演讲的："我，无论如何，都不会把自己的身体给他们。埋葬在犹太人的墓地里还不如埋葬在麻风病患者的墓地。"

随后，人们旋即离开了。父亲的声音回响在空荡荡的房间里。我不知道母亲是否同意父亲所说的话。她坐在地板上，一言不发。她的坐姿有点像外祖父的坐姿，或许因为她坐的时候把我手放在了她的膝盖上。

第五章

在犹太人隔离区里,小孩和疯子是朋友。在这里,所有的社会机构都瘫痪了:没有学校、没有作业、早上不早起、晚上不关灯。我们会在庭院里、楼梯间、树林里以及各种阴暗的角落里玩耍。有时候,疯子会加入我们的游戏中。这个动荡的新世界对他们也有利。精神病院以及心智疾病医院已经被关闭了,从那些地方被释放出来的人在街道上游荡,痴痴地傻笑。他们的笑容里还带有一丝洋洋得意,仿佛在说:"这些年来,你们嘲笑我们混淆事物,张冠李戴,混淆时间;我们不讲究精确,我们用奇怪的名字给地点和事物命名。可如今,明显我们才是正确的。你们不相信我们,你们所有人是如此自视清高,你们认为我们是完全没用的废物。你们把我们送进了精神病院,你们把我们关了起来。"他们那快乐的笑容让人莫名地感到害怕。

他们以奇怪的方式庆祝自己的自由。他们会在公园里平躺着,唱歌,他们当中的年轻人会对女孩及年轻的妇女说恭维的话。然而，大多数时候，他们会坐在公园里的长椅上傻笑。他们对待孩子就像对待成年人一样。他们会盘着腿坐着玩五个石头的游戏、玩多米诺骨牌和下象棋。他们会玩接球游戏，甚至踢足球。心急如焚却又计穷才竭的父母会猛扑向他们。那些疯子学会了一看到孩子们的父母，就提前跑开了。

那些疯子当中，也有一些危险的人——那些怒气冲冲地威胁我们的疯子。我们这些小孩也学会了一看到他们来就逃跑。大多数的疯子都是安安静静、有礼貌，说起话来头头是道。他们当中甚至还有一些你从来不会认为是疯子的人——你可以向他们提问关于数学、地理或儒勒·凡尔纳的书的问题。而且，这些疯子当中还有曾经是医生、律师和富人的人；他们当中还有人一被送进精神病院，财产就被其子女侵吞瓜分。偶尔，有的疯子会在玩游戏的中途停下来，给我们讲他的妻子和孩子的故事。他们当中有的人是虔诚的教徒，会祈祷，会在吃东西之前做祷告或会试图教我们晨经和晚经。

我喜欢看着他们。他们的脸上表情丰富。他们喜欢玩游戏，可并不知道如何赢。我们比他们更擅长玩游戏。输了的时候，他们会突然大笑，说道："甚至连最小的小孩都比我们厉害。"的确，也有的疯子输了会恼羞成怒，可能会掀桌子或乱扔东西。可这样的疯子只占了一小部分。他们当中大多数人都是和善地，甚至是微笑地接受失败。

偶尔，他们当中会有人会失去控制，在街上放肆地大发雷霆，猛烈地摇晃着自己的身体或乱咬东西。犹太人隔离区的警察很快就会被叫来。他们会立马把他们包围起来。在牢里蹲了一两天后，他们又会被放出来。而我们则会马上邀请他们来下象棋或玩多米诺骨牌。他们竟没有对警察以及把他们送进牢房里的人心生怨恨，这让我觉得很惊奇。

我喜欢观察他们的动作——他们端盘子或撕一大块面包的动作。有时候，他们会全都蜷缩起来在公园里睡着，仿佛他们不是成年人，而是一群在玩游戏的过程中突然感到疲倦的小孩子。被驱逐出境的那段日子里，他们试图逃跑，试图躲藏，然而，毫无疑问，警察比他们更聪明。天真无邪的疯子们会躲藏在公园的长椅下或爬到树上。想要抓住他们，一点儿也不难；甚至连他们逃跑的方式都是那么地愚蠢和笨拙。犹太人隔离区的警察会粗暴地抓住他们，把他们装在货车上。没有人替他们说情——似乎大家已经达成共识：如果我们所有人都不得不被驱逐出境，那么他们应该是第一批被驱逐的人。甚至连他们自己的家人也没有试图拯救他们。

在一次驱逐的过程中，我看见了一辆装满疯子的货车。人们朝着他们扔面包片、大块的披萨以及烤土豆。他们跳起来抓住空中的食物，可是没怎么抓着。他们站在货车护栅旁微笑，仿佛在说："我们从来没能做正确的事情，正因为如此，没有人爱我们。可现在，我们就要被带离你们的身边，你们为什么要朝我们扔食物赶我们走？我们现在不需要你们的食物。一点点的关注，一点点的爱就够了。可你们没有这么做。你们朝我们扔这些毫无味道的食物来打发我们。"

他们的脸上带着这种表情，永远地离开我们了。

第六章

每一个小镇似乎都有一位雅努什·科扎克式的人物。我们的镇上,带领盲人小孩去火车站的人是盲人院的院长古斯塔夫·戈特斯曼老师。戈特斯曼老师个子很矮,和小孩子的身高差不多。他做什么事情都很快。他以自己的教学方法而闻名:所有的知识都是通过音乐来学习的。音乐的旋律不停地从盲人院里飘扬出来。戈特斯曼认为音乐不仅有助于学习,而且能够使人更加善解人意。盲人院里的所有孩子说话就像唱歌一样,甚至连他们与他人交谈时也是如此;他们脆弱的小身躯让他们说话的方式更加讨人喜欢。下午的时候,他们会坐在台阶上唱歌。他们唱经典歌曲和意第绪语民歌。他们的嗓音和谐而甜美,路过的人都会站在栏杆旁听他们唱歌。

众所周知,古斯塔夫·戈特斯曼是一名共产主义者,而且不止一次被捕。他被捕的时候,他的副手,一个同样身材矮小的共产主义者,会顶替他的职位。

若不是他全心全意地投入，盲人院的理事会可能会解雇他。理事会中那些受人尊重的商人声称古斯塔夫在教孩子们共产主义理论，声称古斯塔夫对孩子们产生了有害的影响，孩子们长大以后就会散播他们所吸收的有毒思想。而理事会里那些比较狡猾的商人则没有以上那些顾虑；他们认为重点不是古斯塔夫教的是什么——重点是古斯塔夫的全心全意的献身精神。他们认为先天失明的共产主义者并不会构成威胁。

理事会成员们之间的争论并没有消停。其中一个商人是个虔诚的信徒，他一个人捐赠的钱就相当于整个机构的一半的预算。他捐赠的时候设立了两个条件：在组织内学习宗教典籍以及遵守安息日的仪式。争论持续了一段时间。最终，他们达成了妥协：每周学习宗教典籍两次，安息日前夕进行祷告。

被邀请前来负责宗教典籍学习的老师是兹亚多夫拉比的儿子。他每周两次按时前来教授孩子们希伯来文和训示书；周五晚上他带领大家祷告。孩子们喜欢他的课和祷告词。安息日前夕的祷告很快便扬名于镇上。人们会聚集在栏杆处，满脸惊奇地听着。

古斯塔夫·戈特斯曼并没有放弃。他声称孩子们的祷告并非祷告，而是歌曲、音乐，而非宗教信仰，引导生活的方向。他说宗教盛行的时代已经过去很久了，现在人类只有信仰，只有改变的能力，只有建立一个公平社会的能力，只有牺牲自己、成全他人的能力。他日日夜夜向孩子们灌输的正是这种信仰。每天晚上，他们本该说祷告词"听啊，以色列"，但他编写了一首名为"听啊，人类"的歌曲。这首歌号召人类牺牲自己帮助任何有需要的人。如同所有信徒，戈特斯曼也是一名狂热的信徒。他竭尽所能地运用各种方法挑战兹亚多夫拉比的儿子。然而，有一件事是他不能做的，那就是宣扬宗教是人类的鸦片。虽然，他的确被禁止公开宣扬这种思想，但是，私底下，他喜欢说什么就说什么。

这场争论于 1941 年结束。一夜之间，坐落在镇上贫困区的盲人院成为了犹太人隔离区的正中心。歌曲不断地从盲人院的窗户里飘出来，旋律萦绕在隔离区，飘荡在被压迫的居民身边，直至天黑。

没有人知道第二天会发生什么，但盲人小孩明显比我们知道得多。他们猜想未来并不会太光明。每天晚上，他们会重复唱一首歌：《死亡该死》。过了一段时间后，这首歌变成了盲人院的院歌。这首歌节奏强烈，听起来像一首大胆的挽歌。

戈特斯曼不分昼夜地与孩子们一起学习。他的大多数课都是以音乐的形式进行，在这期间，他会向孩子们灌输他自己的信仰：即便在最糟糕的情况下，我们也不能放弃信任他人；我们必须帮助弱者，即便只剩下最后一块面包，我们也要与他们分享；真正的共产主义不仅意味着更加平均的财富分配，而且意味着全心全意的奉献。

1942 年 10 月 13 日，盲人院的院长接到命令，要把盲人院里的孩子们带到火车站。孩子们穿上了他们最好的、在安息日穿的衣服；每个人都在自己的背包上放一本盲文书、一个碟子、一个马克杯、一个叉子、一根汤匙，以及一身换洗的衣物。戈特斯曼跟他们解释说去火车站的路途并不遥远，他们会在途中短暂停留五次。在这五个站点中，他们会演唱经典歌曲和意第绪语歌曲。到达火车站的时候，他们会演唱院歌。孩子们十分激动，一点儿也不害怕。他们的眼睛睁得大大的，眼里满是期待。他们明白，从现在开始，他们会被要求做一些还没有要求他们做过的事情。

第一站是皇帝之井。这口井以其良好的水质闻名于镇。然而，正统的犹太教徒并没有使用这井水，因为镇上的所有人、旅馆老板以及非犹太人的屠夫都在使用。在这个站，孩子们演唱了舒伯特的音乐作品。井的附近风很大，孩子们竭力提高他们的音量。除了他们以外，没有人在那里。他们的歌声听起来像祷告。戈特斯曼通常很小心，不会在盲人院院外批评孩子们。但是，这一次，他打破了自己的规矩说道：“这首歌很神圣，即便是在困难的情况下。每个音符都不应该被忽视。"

第二站是劳动广场。同样，这一次也没有人在等候他们。孩子们演唱了巴赫的一首曲子，戈特斯曼对他们的演绎非常满意。正是在这个广场，在五月的第一天，犹太共产主义者会聚集在一起。聚会从未超过几分钟，因为警察很快会涌现出来，朝着示威者挥舞警棒，把他们驱散开来。然而，这一次，广场里连个人影也没有，除了几个爬上周围的树上，一边扔石头一边大喊"犹太佬滚回牛车"的乌克兰年轻人。

第三站，妇女们给孩子们带来了水以及涂了油的面包片。孩子们对如此热情的接待感到高兴不已，并演唱了意第绪语歌曲。当他们结束演唱的时候，妇女们不愿意让他们离开。"我们不会把我们的孩子给你！"他们大叫道。戈特斯曼插嘴说道："我们会和其他所有人一起走。我们和其他人并无二致。发生在所有人身上的事情也会发生在我们身上。"一个女人忍不住大叫："共产主义者！"

第四站靠近犹太人隔离区的围墙。许多情绪激动的人在等候他们，并给他们带来了礼物。一个站在阳台的男人用最大声的嗓音喊道："我们爱你们，孩子们，我们很快就会再见。我们永远，永远不会忘记你们的歌声。你们是我们隔离区天使般的(唱诗班的)少年歌者。"

孩子们轮流演唱经典歌曲和民间歌曲，甚至还演唱了部分的威尔第的歌剧。在这里，妇女们也包围了孩子们，并且不让他们继续前行。然而，这一次，他们不再是孤军作战。驻扎在隔离区围墙旁的士兵们开始挥舞着他们手里的棍子。马上，孩子们就停止了演唱。

在通往火车站的狭窄的路上，孩子们停下了脚步，再次唱起歌来。士兵们一定是被吓了一跳，他们让孩子们唱了一会儿。然后马上对着孩子们伸出棍子，孩子们手牵着手，仿佛化为一体，他们都在发抖。"孩子们，别怕。"戈特斯曼轻声说。这让他们成功地克服了他们的痛苦。在火车站里，孩子们在被推进牛车之前成功地将他们的院歌完整地演唱完毕。

第七章

在漫长的战争年代里,我遇到了许多优秀的人。在某种程度上说,战争模模糊糊地过去了,而我只是一个小孩,这是一种遗憾。在战争中,孩子被忽视。孩子像被所有人践踏的稻草。然而,依然有一些伟大的人在极为混乱的局面之中安慰了一个被遗弃的小孩,给了他一片面包或把一件大衣扔在了他身边。

在去乌克兰的路上,在一个挤满了被驱逐出境的人的火车站里,我看见一个女人在照顾一个被遗弃的孩子。那孩子大概四岁左右,拥有一头浓密的头发。那个女人正坐在一些行李上,用动作缓慢的长梳法给那孩子梳头发,仿佛他们身处在一个公园里而非混乱的火车站里。那孩子苍白的脸上满是惊奇;他似乎明白这是一种特别的善意之举,这种善意百年难得一遇。

晚上,一辆大型货运火车驶进了车站,车门打开了。乌克兰士兵们挥舞着他们的鞭子,站内一片混乱。那个女人一定知道前方等待着我们的是什么,她催促那个孩子逃跑。她给他指了指楼梯下面的一条通道，可那孩子紧紧地抱着她的腿请求道："我不想去。"当她试图拖着他走，他小声地说："我害怕。"

"不用怕。"那个女人提高音量说道。

"我害怕。"那个孩子重复说道，仿佛在请求她把他的话听进心里。

"你不用怕。"她尖声重复道。

当那孩子听到她的语气，他的整个身子似乎都在颤抖。

"我生气了！"那个女人站了起来，强行拽着那孩子的小手臂，可那孩子紧紧地抱着她的脖子，一动不动。

"如果你不逃跑的话，我就打你！"她威胁道。这句话反而让那孩子把她的脖子抱得更紧了。

"走开！走！"她改变了自己的语气，仿佛把他当作是一只小狗而不是一个孩子似的跟他说话。

那孩子更加不愿意离开。

"我要打你啦。"她说着，把自己的其中一只脚拉开，可那孩子抓得太紧了。四面八方的人群都在推挤着那个女人，那女人陷入了绝望的深渊，她提高自己的音量大喊道："把他带走！我再也受不了了！"

没有人注意到她，也没有人注意到她的喊叫。所有人都被推往货运车厢，那车厢看起来太窄了，根本容纳不了那么多人。终于，有人踩在了那孩子的身上，他从她的脚上滑落了下来。这让那个女人松了一口气，她拿起自己的那捆行李，被那些径直涌向门口开着的车厢的人推挤着前进。而那孩子则淹没在各种各样的腿下。

"蒂娜！"那个孩子的声音有别于其他人的声音，在人群里若隐若现。

"你想要什么？"那个女人提高自己的声音，以便那孩子可以听清。

"蒂娜！"那孩子毫不含糊地重复哀求道。

那女人扔掉那捆行李。她突然从不断往前推挤的人群中挣脱出来，回到了她开始被推挤的地方。

"你在哪儿？"她大声喊着在地上寻找那孩子。

最终，她找到了他。他正躺在地上，流血不止。她弯下腰来，把他拉到一个没有抽打和鞭打的角落里。

她弯下腰来，用自己的裙子把他脸上的血擦掉，低声说道："你都干了些什么？"那孩子的眼睛睁得圆圆的。"我一定得走。我能做什么？你要理解我。"

人群越来越拥挤，吵闹声越来越响。那女人最后一次尝试着喊出她的命令："马上去楼梯下的通道。那通道直接连接站台和外面的田野。不要告诉别人你是犹太人。听到没有？好了，起来——听到没有？"

显然，那孩子明白了她的意思，可他没有力气动起来。

"快跑！快离开这儿！"她催促他。

可那孩子没有反应。她抓住他，把他拉起来。她用一种听起来不像是自己声音的声音大喊道："让开，这儿有个受伤的小孩！"

人群十分拥挤，没有人注意到她。一股强大的力量把她径直推往货运火车的其中一个车厢，她旋即被人潮吞没。

第八章

　　距离战争结束已经过去五十多年了。很多事我都忘了,甚至忘了那些曾经离我很近的事情——尤其是地点、日期和人名——而我身体的每一个部分依然能感受到那些日子。每当下雨、天气变寒或刮强风时,我总能回到犹太人隔离区、回到集中营或回到我待了很久的森林。记忆似乎深深扎根在我的身体里。有时候,仅仅是腐烂的稻草的味道或鸟儿尖锐的叫声就足以把我带回那段岁月,足以渗透我的内心。

　　虽然我还没有找到词语来描述我记忆中的那些深刻的伤疤,我的内心却在呐喊。这些年来,我不止一次地尝试回到集中营,摸摸我们曾经睡过的木板,尝尝那里发放的清汤寡水。然而,这些努力只让我想起一些乱七八糟的短语、错误的词汇、杂乱的节奏、或软弱或言过其实的人物。我已经明白深刻的经历很容易被扭曲。这一次,我也不会试图冒这个险。我即将详细叙述的不是那些发生在集中营里的事,而是发生在那些像我一样逃离了集中营的人身上的故事。我是在1942年秋天逃离集中营的,那一年,我十岁。

我不记得进入森林的经过,但我记得我站在一棵长满红苹果的树前的情形。我十分惊讶,惊讶地后退了几步。我的意识里并不记得那个动作,但我的身体似乎还记得。我可能走错了一步,或意外地绊倒,我看见了那棵长满红苹果的树。我已经两天没有吃过东西了,如今一棵长满苹果的树出现在我的面前。我本可以伸手摘苹果,可我只是一脸惊奇地站在那里,我站得越久,却越沉默。

最终,我坐下来吃了一个掉在地上的、有点腐烂的小苹果。我吃完以后应该就睡着了。我醒来的时候,天空已经变暗。我不知道该做什么,所以我跪坐了起来。我至今依然记得这个跪坐的姿势。每当我跪坐的时候,我都会想起那轮照耀着树木的落日以及那一刻心满意足的心情。

第二天我才从树上摘了一个苹果。那个苹果既硬又酸,咬下去的时候弄疼了我的牙齿,可我还是不停地咀嚼着,果汁顺着我那发紧的喉咙顺流而下。

几天不进食,饥饿感会变得麻木。看见苹果树的时候,我并没有感到振奋。我觉得我不应该离开那棵苹果树或离开树旁的沟渠,可口干舌燥的我还是决定往前走去寻找水源。我找了一整天,直到晚上我才找到了一条小溪。我跪下来喝水。溪水让我张开了眼睛,我看见了我的母亲。我已经好些天无法想象母亲的样子了。起初,我看见她如往常般站在窗边,朝着窗外凝望。可随后她突然转向我,好奇我为何会独自出现在森林里。我朝她走去,可我很快就意识到如果我走太远,就会看不见小溪,所以我停了下来。我回到小溪边,望着那束出现母亲幻觉的光束,可那光束已经不见了。

战争开始没多久,我的母亲便被杀害了。她死的时候,我并没有看到,可我听到了她的一声惨叫,那是她唯一的一声惨叫。她的死深深地埋藏在我的心里,然而比起她的死亡,在我的心里,出现更多的是她的幻象。每当我高兴或伤心的时候,我就会看到她的脸。她要么靠在窗台,要么站在我们家的门口,仿佛就要朝我走来。如今,我比她去世的时候还要年长三十岁。时间并没有增加她的年岁,她一直那么年轻,那么有活力。

我害怕会失去溪水,这一恐惧毫无根据,可我还是感到莫名的恐惧。我沿着整条小溪走,幸运的是,小溪一直延伸到森林的边缘。这条小溪和我与父母度假时看到的小溪一样,溪水潺潺,溪边垂柳依依。每隔几个小时,我就会跪下来喝溪水。我还没有学会祷告,但这跪拜让我的脑海里浮现出一副农民在农田里劳作、跪下来静静地在胸前画十字架求上帝保佑的生动景象。

人在森林里是饿不死的。这儿有一片蓝莓,树干旁有一片草莓。我甚至发现了一棵梨树。若非夜凉如水,我肯定会睡得更久些。那时候,我还不很清楚什么是死亡。在犹太人隔离区和集中营里,我已经见过太多的死去的人,我知道死去的人是不会站起来的,而且最后会被埋进一个坑里。然而,我最终依然不理解死亡。我依然期待我的父母能够前来接我。这份期待、这种紧张的等待在整个战争时期一直萦绕在我心头。每当绝望向我伸出魔爪,这份期待就会助我克服绝望。

我在森林里待了多久?或许是一直待到开始下雨了吧。在树木之间生活，随着时间的流逝，我开始觉得变得更冷。没有地方可以躲藏，森林里的湿气渗透了我单薄的衣服。幸好我一直穿着母亲在德国入侵前几天给我买的系带的小皮靴，可这双靴子也开始沾上了水，变得沉重了。因此，我只好试图在其中一个农民的家里躲避。森林附近的山脊上散落着许多农舍。事实证明，这些农舍离森林很远。走了很长一段时间后，我站在一间棚屋面前。棚屋的屋顶上覆盖着一层厚厚的稻草。当我走近门口时，几只狗朝我扑来，我勉强躲开它们。

下雨的时候，农民会待在棚屋里。我站在雨里，我知道我很快就要掉进其中一个泥泞的坑里消失不见。一想到我可能再也见不到我的父母，我的双腿就发软，跪了下来。

绝望笼罩在我的身上，我看见了临近山坡上有一间低矮的房子，我马上注意到房子的周围没有狗。我敲了敲门，内心恐惧地等候着。几分钟后，门开了，一位年轻的女人站在门口。

"孩子，你有什么事？"

"我想找份工作。"我说道。

她上下打量着我。

"进来吧。"

她看起来像个农妇，但在某种程度上，又有别于其他的农妇。她穿着一件带有贝壳纽扣的绿色的衬衣。我说的是我们家女佣维多利亚的母语乌克兰语。我喜欢维多利亚，也喜欢她的语言。虽然这个女人和维多利亚长得完全不同，但她还是让我想起了维多利亚，这一点儿也不让我感到意外。

"你来这儿做什么？"她问道。

直觉告诉我，我不应该告诉她真相。所以，我告诉她我在一个名为卢特申兹的地方出生，我的父母在一次空袭罹难，从此我便四处流浪。她盯着我，有那么一会儿，我以为她要夺过我的大衣，扇我一巴掌。令我惊讶的是，她并没有这么做。

"你不是小偷？"她一脸狐疑的神色问道。

"不是。"我说道。

就这样，我在她的家里安顿了下来。我并不知道她是谁，也不知道我的工作会是什么。雨下得很大，我很高兴自己能被高墙包围，能够靠近散发温暖的炉火。窗户很小，上面覆盖着明亮的农家帘子。墙上张贴着许多从杂志上剪下来图片。

到了第二天，我已经打扫干净了房子、洗干净了碗碟、削了土豆和甜菜根。从那一天起，我每天都会很早起床，一直工作到夜深。

我每周会去一趟村里的店铺里帮她买糖、盐、香肠和伏特加酒。从棚屋到店铺要走一个半小时的路程。路上绿草茵茵，两旁树木高大，牛群在吃草。

两年之前，我的双亲健在。而如今，我存在的意义不过是目之所及。有时候，我能够为自己偷来些许闲暇时光，我会走到小溪边坐着。坐着那里的时候，我之前的人生似乎很遥远，仿佛根本没有存在过。只有在晚上的时候，在梦里，我才能和父母一起在院子里或在街道上。早上醒来的时候对我来说是一个打击，就像是有人扇了我一个耳光。

那个女人名叫玛丽亚，她并未成婚。几乎每天晚上都会有不同的男人来到棚房里，然后他们会一起关上门，拉上窗帘。起初，他们会聊天和喝伏特加酒，接着会爆发出一阵响亮的笑声，最终却没了动静。这种场景每天晚上都会重复出现。"别害怕。"我会自言自语道。然而，我还是很害怕。有时候，我除了害怕，还有一种莫名的快乐。

并不是所有的夜晚都是如此平静地结束。偶尔，房间里会爆发出一阵争吵。玛丽亚一向心直口快；当她不喜欢某个东西或当她认为有人可能在骗她的时候，她就会用一种恐怖的、令人毛骨悚然的声音大喊。那声音能让棚屋的墙壁颤抖。如果这还解气，她可能会扔一个碟子、鞋子或任何其他她可以伸手拿到的东西。然而，有的夜晚是以亲吻的方式安安静静地结束。男人会公开示爱并承诺带很多礼物，而玛丽亚则会大笑和挑逗。

玛丽亚的棚屋是一个长长的房间，房间的一端被窗帘隔开。我会坐在大大的火炉上偷听。有时候，我会忍不住从火炉上的木板缝隙里偷看。通常，我太害怕了，什么也看不到，可有一次，我瞥见全裸的玛丽亚。一阵温暖的愉悦感在我身上流淌。

有时候，她会让我到外面去摘些野花。摘完野花后，我会在陶罐里装满水，然后将花梗插进陶罐里。有一次，她盛怒之下一把抓起一个陶罐，把它径直扔到一个身材高大的农民的头上。那农民冲她低声咆哮，喉咙里发出隆隆声，像熊一样。

玛丽亚从不知恐惧为何物。一旦有什么事情让她不高兴了，或一旦男人没有表现得体，她会大声叫骂出一连串的诅咒。如果那个男人不道歉，或如果道歉的时候不够真诚，那么她会朝他扔一些东西或者把他赶出棚屋。"你这个巫婆！"我不止一次听到男人冲她大骂。

她的棚屋里有三个木桶。她用最小的桶洗脚；在客户走了以后，她用中等大小的桶洗身子；第三个桶，也是最大的桶，被她当作澡盆，用来好好享受一番。她会在桶里泡上好几个小时，唱唱歌、喋喋不休、回忆甚至坦白。我不止一次看到她懒洋洋地躺在大大的澡盆里，潜入水中。甚至连这个大大的澡盆都无法容纳她这个身材颀长、慵懒的生物。

不知不觉已是冬天，男人们不再如往常般前来。玛丽亚会坐在桌子旁洗牌。玩牌使她快活。有时候，她会突然大笑，可其他时候，她的脸色会突然一沉，然后发出一声尖叫。有一次，她心情不好，而我端上来的三明治不合她的胃口，她突然抓住我大叫："你这个坏蛋，我要杀了你！"

她并非一直都是那么怒气冲冲。她的心情像天空一样变化多端。一旦她的脸色阴转晴，她就会满心欢喜。她不止一次把我抱在怀里。她的个头并不是特别大，但她极为强壮。仅仅用肩膀，她就能把牛群赶到牛棚里。大多数时候，她都陷入沉思，不与我交谈。那时候，我觉得她正在想象着其他地方。

在一个漫长的冬夜，她告诉我她的家人住在遥远的城市基希讷乌，而她打算将来去那里拜访他们。我想问她打算什么时候去，可是我没有问出口。我已经学会了最好不要多嘴提问。问题让她烦心生气，我因为多问已经被扇了好几次耳光。我尽量让自己回避，让自己尽可能少地提问。

冬天，她起得晚或懒洋洋地躺在床上。我会给她端上一杯咖啡和一大块涂上黄油的面包。她会靠在枕头上吃。她看起来更年轻了。她常常唱歌、剪纸花、烤蛋糕或连续好几个小时坐在镜子前梳头。

"你有兄弟姐妹吗?"她问道。这让我很意外。

"没有。"

"很好。我有两个姐姐,可我跟她们不亲近。她们结婚了,孩子也大了。甚至连我的父母都不爱我。"她说完暗自笑了笑。一般情况下,她对我不闻不问。她深陷在自己的思绪中,喃喃自语,她想起了人名、地名以及被诅咒的名字。她的诅咒比她的尖叫和大喊还要难听,还要令人害怕。

冬天到来的时候,我的手臂已经变强壮了。食物并不多,晚上,我会爬下去偷一块香肠或土耳其的碎芝麻蜂蜜糖。那是玛丽亚为她的客人准备的晚餐剩下来的。现在,我能够轻易地把水桶从井里拉上来,把它径直提回房里。对我而言,之前的生活似乎变得遥远而模糊。有时候,一个词汇、一句话或记忆里关于家的一瞥会猝不及防地把我压倒,深深动摇我的心。

有一次,我在去村子里买东西的时候,一个乌克兰孩子缠着我,冲我大喊:"犹太仔!"

我呆住了。

自从我离开集中营以后,我就一直害怕有人会发现我是犹太人,这孩子的一声大叫让我的恐惧变成了现实。

本能驱使我作出反应,所以我追着那个男孩跑。那男孩被我的勇气吓到,开始大叫:"救命啊!救命啊!"然后消失在其中一个院子里。我十分满意自己的反应,然而,我的内心深处却以此为戒:肯定有什么东西,有什么特点使我暴露了。

从那时起,我小心翼翼地掩藏任何可能暴露我是犹太人的迹象。

我在工具房里找到了一件破烂的旧马甲，我征求玛丽亚的同意，让我穿那件马甲。我还找到了一双农民的鞋子，我像农民一样用绳子把鞋子绑起来。这件破旧的衣服莫名地给我注入了新的力量。

冬天快结束的时候，我意识到自己变高了。虽然只是长高了一点点，可我还是能感觉到了。我的手掌变得更宽，更结实。我和牛变得更亲近了，我学会了如何挤牛奶。更重要的是，我不再怕狗了。我收留了两只小狗，每当我从村子里回来的时候，它们会跑出来热情地叫着迎接我。

这些小狗是我的好朋友。我偶尔用母语与它们交流，告诉他们我父母的故事以及我家的故事。从我嘴里冒出来的话在我听来十分奇怪，以至于我以为自己在向它们撒谎。有一天晚上，玛丽亚询问我的祖籍在哪里，我吓了一跳，可我还是毫不犹豫地回答道："乌克兰。我是乌克兰人的后代。"我对自己想出来的答案很满意。我回房睡觉，可还是在心里暗自警醒自己：她为何突然有此一问？

我习惯了这种新生活，甚至可以说，我喜欢这种新生活。我喜欢牛、小狗、玛丽亚用烤箱烘焙的面包、黏土碗里的酸奶酪，我甚至喜欢繁重的家务活。有一次，玛丽亚把自己关在屋子里，拉上窗帘后一直哭。我不知道她为什么哭，也不敢问她为什么哭。她的生活似乎和许多人的生活交织在一起。有时候，她会收到年迈的双亲和姐姐们只言片语的问候。甚至连她异地的前夫也在不停地骚扰她。或许，比起我，她遭受的迫害更加严重，可她并没有屈服。她用尽自己全部的力量与她的敌人作斗争。最重要的是，她与自己以及身边的恶魔们作斗争。她不断重复声称四处都有恶魔冒出来，需要脑袋后面的眼睛才能看清那些恶魔。为了摆脱这个麻烦,玛丽亚不停地喝伏特加酒麻醉自己。男人们渴望她的肉体,他们在她脖子和肩膀上留下来的吻痕清晰可见。她会诅咒那些人,喊他们"猪猡",语气中却流露出能够让他们疯狂着迷的骄傲。

伏特加酒、男人以及那些夸夸其谈会让她疲惫不堪,她会睡懒觉,有时候一直睡到下午。睡觉对她有好处。她会一身轻松、朝气勃勃地下床,然后开始哼曲。我会为她端上一杯咖啡,她会称我为她的"笨宝贝",因为我那时的头发是卷的。有时候,她会热情地掐一下我的屁股。我喜欢她心情好,害怕她心情沮丧。当她开心的时候,她会唱歌、跳舞,会呼唤耶稣的名字说道:"我亲爱的救世主永远不会背叛我。"

玛丽亚的快乐犹如咒语,使整个棚屋洋溢着美好的气息,然而,她的沮丧比她的快乐更强大。她陷入沮丧的深渊,久久不能自拔,棚屋也旋即因此而死气沉沉。有一次,她心情很差,朝我大喊:"杂种,死杂种!骗子,死骗子!我要用厨房用刀割开你的喉咙!"

这个威胁比起任何其他的威胁更能触动我的灵魂。显然,她知道了我的秘密,时机成熟之际,她就会将用此威胁我。如果不是因为下雪,我一定会逃跑。虽然今年的雪没有以往的雪大,但是,雪还是日日夜夜地下,天都变昏暗了。

终于,雪停了,雨却开始下了起来。我的人生没有了所有的记忆,开始变得和我周围的牧场斜坡一样平顺。即便在我的梦里,我也再也没有见过我的父母。有时候,我觉得自己出生于黑暗,之前存在的一切都是幻觉。有一次,我梦到了自己看见母亲,而母亲似乎也看到了我，可她随后转身背对着我。这让我很伤心。第二天，我把自己的怒火发泄在牛棚里的那些可怜的牲口身上。

冬天结束了，可我的身体并没有变暖和。连接棚屋和村子里的道路变成了泥泞不堪的泥潭。从村子里回家的时候，我的全身沾满了泥土。不知道为什么，玛丽亚喜欢的那些小伙子并没有来。来的是一些年迈的农民，他们身材笨重，沉默寡言，玛丽亚把他们称作"老拉车马"。玛丽亚会不情愿地躺在他们身边，并且在接下来的讨价还价中不屈不挠地坚持自己的立场。有一次，她和他们中的一个人起了争执，还狠狠地抓伤了那个人。

白天变得越来越晴朗，然而，晴天并没有让我内心平静。我很害怕玛丽亚。她会喝酒，一瓶接着一瓶地喝，会破口大骂和乱扔东西。甚至还冲我破口大骂和扔东西。如果香肠或伏特加酒不合她的口味，她会抓我的脸，叫我"死杂种"，并不停诅咒我。

我担心的事情终于发生了，可并不是像我想象中那样发生。狂风连续一个多月不停地吹打着棚屋，终于掀翻了屋顶，吹倒了墙壁。显然，这个木制的旧棚屋已经腐烂，在强风的吹打下坍塌了。转眼之间，光天化日之下，玛丽亚和我站在敞开的棚屋中间。家里的设施和那张曾经有许多农民在上面抚摸玛丽亚肉体的床已经被一阵猛烈的狂风吹了出来，仿佛被猛地扔上去。一束沉重的光横跨在玛丽亚以前包裹自己的大棉被上。

望着这断壁残垣，她突然爆发出一阵疯狂的大笑。

"瞧瞧，"她大喊道，"瞧瞧那些恶魔对我做了些什么！"

在我看来，她似乎真的发自内心地对这断壁残垣感到高兴，仿佛这一次的毁灭是为了把她从沮丧的深渊里拯救出来。然而，几分钟后，她嘴角的笑容已经凝固，双眼变得呆滞无神，气得直咬牙。我知道这种愤怒，我害怕这种愤怒。我在等玛丽亚告诉我该做什么。我熟悉棚屋的每个角落，看着它变成一片残骸让我感到很痛心。我看见地上散落着橡子。不知道为什么，我开始捡起从架子上掉下来的碟子、壶和平底锅。我把它们放在用来准备做饭的木制柜台上。起初，我以为玛丽亚会很高兴我收拾这些餐具，可几分钟后，她开始冲我大喊大叫："杂种，你在做什么？谁让你这么做？滚开！别让我看见你。"她尖叫着，扇了我一记耳光。这一次，她没有就此住手，而是手持一根木棍追在我身后，将我击倒。我看见那根棍子，试图站起来，却怎么也站不起来。最后，我终于站了起来，像一匹套上挽具的马在不断的鞭打下挣扎着逃离了泥潭一样跑开了。我没有再回到她的身边。

五十多年过去了，可这种恐惧依然深深扎根在我的腿上。有时候，我觉得她依然挥舞着手里的那根棍子。然而，我不仅记得与她这次难堪的分离，而且记得她的脸色会突然改变且散发出幸福的光芒。她的幸福和她的悲伤一样无边无际。她高兴的时候，看起来就像挂在她床头上的那幅画里的女人：年轻、留着一头波浪形卷发、穿着一条双肩带的夏日裙子，身材高大苗条，笑容满面。显然，这是她期待自己的样子，又或许这是她希望自己被人记住的样子。

第九章

　　有些景象是让人难以忘怀的。那时，我十岁，生活在森林里。夏日的森林里充满了惊喜：这儿有一棵樱桃树，那儿的地上野草莓丛生。已经连续两周没下雨了。我的鞋子和衣服已经干了，散发出来的霉味已经变得没那么难闻了。这一切让我仿佛觉得如果我能找到正确的路，我就可以回到父母的身边。

　　我一直坚信父母在等我，一直在战争中保护我。路径的确能把我带离森林，可并没有把我带到父母的身边。每天，我都尝试不同的路线，每天，我都失望不已。

　　森林周边的风景开阔光明：目之所及是一片片玉米地，消失在地平线。有时候，我会连续几个小时站着等我的父母。时间久了，我开始编造父母归来的征兆：如果刮大风……如果我看见一匹白马……如果落日时分天空没有泛起红霞。当然，这些征兆无不让我失望，但不知道为什么，我并没有陷入绝望。我会继续编造新的征兆，继续寻找新的路径。我会连续几个小时坐在河岸边想象我的父母回到我的身边。

有时候，我沉浸在一种深深的悲伤之中，觉得自己在死之前再也没机会见到我的父母了。我想象过各种自己死亡的情形，有时候，我会飘上天空，越飘越高，有时候，我被抬着穿过玉米地上方。我很清楚，我死后便不会再迷失，不会再让任何征兆误导我，只有一条路能直接将我带回到父母的身边。在去集中营的路上、在集中营里，我见过许多奄奄一息之人，然而，不知怎么的，我不愿意自己的死法与他们的死法有任何相似之处。

在森林里，大多数的日子都是安安静静的，除了鸷鸟的尖叫声外，没有不和谐的声音。在其中一个安静的日子里，我站在玉米地的边缘，着迷于玉米地里波浪般的涌动以及那一片绿意，从淡绿色变成深绿色，继而又变回淡绿色。我突然看见一个小黑身影在玉米浪潮里移动，看上去像是在毫不费力地游泳。那个小身影离我很远，可我能够清楚地看清他的动作。

我的目光追随着那个小黑影，同时，我听到远方飘来一阵微弱的声音，那声音里夹杂着风声和人们的吵闹声。我四处张望却什么也没看到。那个黑影已经往前移动了，好像是往森林的方向移动。我竭力朝着声音传来的方向张望，辨认出在我旁边的山脊上的玉米地里有一队人马。他们在往前走，仿佛是坐在一艘木筏上似的。起初，我并没有把那个在玉米地上方游泳的小身影和那些同样在高空中飘荡的人群联系起来，可后来我意识到那些人群的动作伴随着呐喊声，他们正分散成两队，两面夹击那个小黑影。那个起初看起来毫无费力地游泳的小身影，现在看起来变得疲惫不堪。他与他前往的那片森林的距离并没有缩小。

所有的一切都发生在距离我几百米开外的地方。虽然我看到了那些人，但是我没有把那些强有力的动作与人类联系起来，而是把它们与大自然联系在一起。我觉得风正在积聚力量往前冲，越过玉米地，把他们都砍掉。

很快就水落石出了。那个小身影不过是个孩子，而那些追着他的人是农民。农民的人数众多，手里持着斧头和大镰刀奋力向前，决心把他抓住。现在，我可以清楚地看到那个孩子的身影；他上气不接下气，每隔几分钟就转过头张望。显然，他不可能会逃离他们的魔掌。不可能。他们人数众多，跑得比他快；很快他们就会堵住他的去路。

我站着，望着那些黝黑结实的农民的脸，望着他们奋力向前。那孩子正竭尽全力，可是他的努力是徒劳的。显然，他在森林不远处就被抓住了；我听到他向他们哀求。

随后，我看见那群人回到了村子里。他们正粗声粗气地说话，一副兴高采烈的样子，仿佛刚刚成功狩猎。两个年轻的农民拉着那个孩子的手臂。我知道他很快就会被送到警察局里，如果他还活着的话。而在我的内心深处，我明白时机一到，我的命运会和他的命运一样。然而，那天晚上，当我把头躺在土地上时，我很高兴自己能活着透过树木的空隙仰望星星。我知道这种自私的感觉是肮脏的，但它已经把我包围，让我陷入了沉睡。

第十章

在战争中，我遇到过许多勇敢高尚的人。最难忘的是劳克韦里耶兄弟。他们身材高大结实，看起来像在仓库里工作的鲁塞尼亚农民。他们的一举一动都散发着一种非犹太人式的天真纯朴。他们相信他人且不斤斤计较。每个人都欺骗他们，但他们从不生气，也从不破口大骂或动手打人。

奥托是长子，他在木场工作了很多年。木场的主人是个身材矮小、形容枯槁的犹太人。他压榨奥托的体力，让奥托一直工作到深夜。奥托既没有抱怨，也没有要求要加班费。偶尔，他会去酒馆小酌几杯，并且会邀请那里的穷人和他喝上几杯。那些穷人都喜欢他，仿佛把他当作大哥哥似的，围在他身边。在酒馆里，他很开心，四处撒钱。体面正派的人不喜欢奥托。他们视奥托的天真纯朴和真诚为愚蠢。他们会说："一个不能坚决捍卫自己的想法，不能坚持争取自己应得利益的人是个傻子。"

战争爆发后，所有的仓库都倒闭了。和许多其他人一样，奥托失业了。他在酒馆里待了几天，挥霍掉了手上的钱。当他手上没有一分钱的时候，他去了孤儿院当志愿者。

早上，他会砍木材、打水将水缸装满、取生活用品和削土豆。晚上，他会一边唱歌和模仿动物的声音，一边给那些孤儿洗澡。然后，他会给他们唱摇篮曲，哄他们睡觉。那些了解他的人说他在犹太人隔离区里也能如此快乐，真是令人大吃一惊。

当开始驱逐犹太人出境的时候，奥托把孤儿们藏在地下室里，然后带领他们从地下室穿过下水道，到达农民的家里和修道院。完成以后，他的脸像孩子一样容光焕发。

当然，他并没有逃过被驱逐出境的宿命。在被迫穿越乌克兰大草原的时候，他对弱小施以援手，并且帮忙掩埋死者。他的面容在战争中发生了变化，他长了胡子，看起来像一个化身在非犹太人的身体里的拉比。

我并没有和他一起进劳动集中营，但解放后，我又遇见了他。他瘦骨嶙峋，脸上散发出一种灵性。大多数难民看起来悲惨沮丧，可奥托一点儿也没有变：他还是习惯身体朝前倾，既细心又专注，他还是那么乐于助人，还是那么谦逊。

解放后，人们囤积粮食和衣物，已经到了一种病态的地步。奥托没有改变自己的习惯。他在犹太人隔离区做什么，就在这儿做什么。在联合分发委员会的救济厨房里，他负责削土豆和洗碗碟。

人们在战争中变得判若两人。经营大公司的体面的人会在黑暗的掩护下偷面包，一夜之间，诚实的商人变成了他们自己孩子的敌人。

然而，也有人全心全意地成全他人，这些人一般都头脑简单、独立自主。劳克韦里耶兄弟之中排行第二的马克斯就是这样的人。

马克斯家人被围捕送往集中营后，就留下马克斯一个人。随后，马克斯开始在医院里做志愿者。他很快就赢得了体面和忠诚的声誉。每当他出现在街头为病人筹善款的时候，男男女女都会往他的篮子里装给孩子们的面包、盐、糖和糖果。人们信任他，把原本自己吃的或留给自己孩子吃的东西免费给他。人们不止一次给他半个橘子和半个柠檬，"因为这两样东西对病人有益"。

几个月之前，马克斯在一块空地里搭建了一个遮阳篷，然后一直在篷下卖大衣。他坐了数小时等候买主，最终以极低的价格卖掉了大衣。他的身上没有丝毫往日的痕迹。马克斯的改变是如此彻底，让人难以置信。他的体态变得更加挺拔，鹤立鸡群。他的身上也没有丝毫往日的职业特点。他像搬运工人一样——皮肤晒得黝黑，随时准备扛任何重物。有人说"他已经失去理智了"，可大多数人认为马克斯全心全意地为病人服务，全心全意地投身于自己的工作当中——并不是失去理智。

他会从早上一直工作到深夜，在柴房附近的拐角房里睡觉。当病人被驱逐出境的时候，马克斯和他们一起走。

劳克韦里耶兄弟中排行最小的是卡尔。卡尔天生聋哑，他和他的哥哥们一样身材高大结实，所以他以搬运重物为生。他给一个货车老板打工。货车老板是个粗俗的人，而且虐待卡尔，踢他，扇他耳光。如孩童般天真无邪的卡尔既不抱怨，也不还手，而是起早贪黑地工作，勉强维持生计。

在犹太人隔离区的日子里，卡尔回到了他以前的家：聋哑院。院里的工作人员记得他并热烈欢迎他。在隔离区的那段日子是他最荣耀的时光。卡尔搬运家具、一袋袋土豆、木桶——任何东西，一切东西。他受到其他聋哑人的爱戴。如果其中一个聋哑人受欺负了，他会用尽全力维护那个聋哑人。

所有人都好奇他们兄弟三人是如何长大成人的，因为他们没上过高中，也不读报纸。他们的父母是普通人。他们究竟给自己的孩子们灌输了什么东西，让他们能成为如此全心全意帮助他人的人？没有人能想出答案。

年轻的卡尔的命运与他的两位哥哥的命运不同。一名罗马尼亚的军官莫名其妙地攻击其中一个聋哑人。卡尔走到那名军官的面前，让他不要欺负那个聋哑人。那名军官也开始打他。一个踉跄，卡尔跌倒了，但很快又爬了起来。他抓住那名军官的喉咙，把他掐死了。卡尔很快就被抓住了，当天晚上就被带到警察局的院子里射死了。

第十一章

战后，我才在意大利听说了一种名为凯弗的牲畜围栏。难民们成群地坐在一起，高声谈论着暴行。有时候，他们似乎在相互较量——谁见过更多的暴行以及谁承受的痛苦更多。我们这些孩子不知道如何叙述我们的故事。我们会坐着聆听。有时候，他们会问我们问题。可战争让我们学会了不回答问题。

人们讲述着他们的故事，描述着他们见过的事物。然而，显然，并不是所有的事情都被讨论。有些暴行依然是不可告人的秘密，是无法用言语来表达的。例如，凯弗就是这样的一个秘密。每当提及这个名字，说话者就会闭口不语。一天晚上，我听到其中一个难民说"有些暴行是不该被提及的"。

"为什么？"另一个难民好奇问道。

"我没办法解释给你听。"

"我们一定要把所有的事情都说出来，好让所有人都知道他们对我们的所作所为。"

"我不跟你争论。"

"如果我们不作证,谁会作证?"

"不管怎么样,他们不会相信我们的。"

和大多数的争吵一样,这场争吵毫无结果。有些暴行被极为详尽地描述,有些暴行无人敢提及。

然而,一天晚上,我从一个来自卡尔斯创德集中营里来的难民那里听到了更多关于那个围栏的事情。那个难民身材矮小结实、肩膀很宽。战争并没有使他的身材变得更加瘦弱。他的脸像拳击手的脸一样粗糙,仿佛在表明他的态度:我已经准备好了再战一场。

他似乎没有意识到难民们自发地避免谈论这个话题。起初,其他人试图阻止他,可他要么不理解,要么假装不理解,站起来说道:"那个围栏叫作凯弗,是卡尔斯创德集中营必不可少的一部分,从某些角度,我能看到围栏里的大部分情况。那个围栏以前用来养德国牧羊犬的,德国牧羊犬可以看门和狩猎,更主要的是,还可以用来追捕逃跑的犯人。那些狗是从德国带回来的,受过训练,它们是守卫和军官的骄傲。到了晚上,它们会被放出去打猎,然后所有人都可以见识到它们是多么地高大和骄傲,见识到它们是如何更像狼。而不像狗。

"卡尔斯创德集中营是一个金属焊接的劳动营。它也生产弹药。只有身体强壮的人才会被带到那里,尽管条件极为艰辛,那些身体强壮的人通常能熬过一年或者更久。如果在运输的过程中,不小心误将女人带了进来,那么那些女人就会遭到毒打,然后被遣送回去。有一次,几位年迈的女人在运输的过程中被带了进来,被发现后马上就被带出去杀死了。一天,几个小孩也被带了进来,集中营指挥官命令下属把他们的衣服剥光,然后把他们推进那个围栏。那些孩子肯定是立马被生吞活剥了,因为他们没有发出惨叫声。

"这已经变成了例行公事。每当有小孩子来到集中营(每个月都会有一些),他们就会被脱光衣服后推进那个围栏。

"有一天,发生了一件令人惊讶的事情:那些狗吞食了所有扔进去的东西,却不伤害两个小孩分毫。更令人震惊的是:那两个孩子就站在那里轻抚那些狗。那些狗看起来很心满意足,那些守卫也是。从那时起,那些守卫会给那些狗扔几块肉,给那两个孩子扔几片面包和芝士。集中营指挥官会把他的客人带到围栏来观看这一奇观。然而,最终,这个围栏对孩子们来说也不再安全了。德国牧羊犬就是德国牧羊犬,一旦饿了,就会变得凶残无比。甚至连那些待在围栏里好几周的孩子也难逃此劫。

"如果没有那个围栏,卡尔斯创德还算是个不错的集中营,然而,围栏的存在让这个劳动营变成了死亡之营。在卡尔斯创德集中营里,人们不会被带出去处决,然而,那些孩子被杀死的情景完全使我们意志消沉。难怪我们那里有那么多人自杀。"

那个难民继续说道:"有一次,我们在围栏外面看见一个小孩。他在带刺铁丝网旁用四肢爬行,并向那些狗打手势。比起围栏里的狗,外面的状况显然让他更害怕。他又回到了围栏里。"

"一天晚上,一个孩子从围栏里逃跑了出来,不知怎么地,他跑到了我们营房。他的样子很可怕。他的脸和脖子都被咬伤了,可他并没有抱怨或哭泣。人们试图问他话,却徒劳无功。最终,他发出了一些像是低吼的音节。

"我们把他藏在一个木制的柳条箱里,这很危险,但我们已经准备冒这个险。晚上,我们会打开柳条箱盖子,给他水喝,喂他吃东西。那个秋天,因为营房里有这个孩子,我们的生活发生了变化。关于每天谁把自己的那份食物给孩子这一问题,我们展开了激烈的竞争。我们所有人都争着把自己的食物给他。

"有时候,他似乎在康复,他的伤似乎也在痊愈。随着时间的推移,我们对那个柳条箱加以改进,腾出一个地方来装一罐水。一天晚上,当我们打开柳条箱盖子的时候,我们看见那个孩子已经停止了呼吸。我们太害怕了,不敢出去,所以我们就把他埋葬在了营房的下面。从那时起,他更加频繁地和我们在一起了。不知怎么地,我们确定有一天他会起来用自己的声音和我们说话。

"苏联人来之前的情况就是这样。苏联军队解放这个集中营的时候,围栏里有两个小孩。他们把那两个小孩带出围栏,带到房间询问。孩子们神情茫然地凝望着,嘴里结结巴巴地说出几个断断续续的音节,耸了耸肩膀——其中一个小孩甚至跺了跺脚——然而,他们的嘴里却没有说出一句完整的话。调查员试图友好地和他们说话,起初用意第绪语,接着用波兰语。中途,有一个上了年纪的男人被带进去试着跟他们用匈牙利语沟通,但却没有用。孩子们虽然活下来了,但他们已经完全失去了语言的能力。

"接着,其中一名幸存者闯了进来;结结巴巴地激动说话,他告诉调查员关于那个围栏的事情,告诉他们孩子们在那里经历了什么。调查员并不相信他的话,要求另一位人证的证词。下一位证人是一个身材高大瘦削的男人,他证实了那名幸存者的话:由于他在火炉旁工作，对围栏里的一切一览无遗，他亲眼看到那些狗把孩子们生吞活剥的情景。"

那个难民降低了自己的声音，继续说道："解放后，卡尔斯创德里的幸存者并没有马上散开。一名军医给那两个孩子洗澡，还给他们包扎伤口。他们的双眼空洞，露出惊恐的神色。大多数时候，他们坐在自己的床上，一言不发，一动不动。然而，最终，和成人幸存者一样，他们开始打架，然后不得不被隔离开来。"

第十二章

可怕的人——腐败和暴力的人——一路追捕着我们，从乌克兰到意大利。最令人感到厌恶的是那些变态。他们会拐骗孩子们，并且对他们做令他们痛苦的事情，然后才放他们走。那些被虐待的孩子既不抱怨，也不哭泣。他们的脸上露出一种静默的神情，仿佛要把秘密封在心里。他们把这个秘密埋藏在心里许多年，度过了青年时期。有的人甚至把这个秘密埋藏在心里，一直到服兵役的时期。

在我上大学的第一年，我看见了一个与我年龄相仿的年轻人，他像那些曾经被虐待的孩子一样噘着嘴唇。我没有主动向他示意。然而，令我惊讶的是，他开口向我要我的笔记本，因为他缺席了三次课。我的感觉并没有错：他曾经在犹太人隔离区里居住过，而且还在集中营里待过，和我一样，他也神奇地逃过一劫。解放后，他确实一路艰辛地从乌克兰来到意大利。他比我晚两个月到达巴勒斯坦。

两天后，他把我的笔记本还给我，并向我道谢，然而，我们并没有相约见面。后来，我注意到他在躲我，仿佛他感觉到了我隐约知道他的秘密。为了让他不会感到受到威胁，我也在疏远他。

战后，虽然我们的周围都是险恶之徒，但也不乏因为战争而声名大噪之人。他们的步调缓慢，表情更加坦率，脸上充满了一种灵性的光辉。他们中的大多数都受过教育，但也不乏普通人。

与其他难民不同，这些人并不储藏食物，也不在黑市交易。大多数的时候，他们落落寡交；所有的车队和难民收容所里都能发现他们的身影。当难民收容所里的人越来越多，他们有时会化身为青年领袖和老师，并且运用一切的力量维护孩子们。他们不仅与走私者、中间人、那些非法入境者以及变态者作对，而且还与联合分发委员会的人作对。联合分发委员会不想分配房间给他们当教室，而且还克扣他们的信纸和书籍。

置身于这些贪婪、贿赂和腐败之中，这些卓越的人不仅教孩子们阅读和写作，而且还教数学、希伯来语、意第绪语和法语。他们还给我们念《圣经》。还有音乐家们教我们音乐。我们这些小孩子很荣幸能够在他们这些优秀的人的陪伴下找到自我，虽然只是短暂地找到自我。在他们之中，有高中老师和大学讲师。战争已经剥夺了他们的学位、社会地位以及事业。现在他们所要求的只是帮助那些最遭罪的人。然而，他们并不总是能够保护那些孩子。难民收容所完全被暴露了。各种各样的走私者和变态者在各个角落埋伏。而且，有一点必须指出，并不是所有的孩子都想学习。有一些孩子在学习了几天后跑回到了那些走私者的身边。老师们会追赶他们，希望能够拯救他们，然而，那些走私者的行动更为迅速。

在幸存者中，有一些杰出的孩子，有的孩子拥有完美的记忆力或高度发展的音乐才能，甚至有的孩子年仅十岁或十一岁就能流利地说几门语言。

事实证明，森林和藏身之处不仅扭曲了年轻的生命，而且培养了独特的才能。对这些孩子来说，在四周埋伏的并非走私者而是人贩子。人贩子会绑架孩子，把他们的眼睛蒙起来，然后把他们装进卡车里，运到遥远的地方。意大利的海岸处都是难民收容所，收容所里挤满了人，所有人都在寻找娱乐。

诗人 Y.S. 是我们的老师。他是一个身材矮瘦、头发秃顶的平庸男人。近距离看，他看起来像一个商人。然而，他一开口说话，你就会被他的嗓音所迷倒。他教我们诗歌和唱歌——用意第绪语教的。他会和从巴勒斯坦派来的年轻领袖们较量。那些年轻的领袖倡导希伯来语；而他倡导意第绪语。那些年轻的领导长得比他更高大、更英俊。更重要的是，他们打着未来的旗号，打着美好改变的旗号，谈论我们未来在巴勒斯坦的生活。而他谈论的自然是过去的事情，谈论的是传承以及如果我们不知道被迫害者的语言，就无法传承。他曾经说那些能够说被折磨者的语言的人不仅能保持他们的记忆，而且能够辟邪。

那时候，难民收容所就像战场一样。有时候，我觉得所有的争斗都是围绕着孩子以及孩子的归属权问题。是走私者们成功地把孩子们运往欧洲大陆各地，抑或是犹太旅的士兵们保护孩子们并把他们带到巴勒斯坦？又或者是孩子们的一些远房亲戚将他们引诱到了美国？

在维护孩子们的人当中，诗人 Y.S. 是最勇敢的。只要一看到试图抓住孩子的走私者或人贩子，他就会站起来大声喊道："正义之神不会原谅你的！"他们当然会对他极尽讽刺和嘲弄之能事，对他肆意谩骂且多次对他拳打脚踢。然而，这些拳打脚踢并没有震慑住他；他会谴责他们，然后站起来，他从来没有因此缺过一堂课。

Y.S. 教了我们三个月。起初，他教十七个孩子，可后来，走私者和人贩子拐走了六个孩子，所以只剩下十一个孩子。晚上，我们会关上窗户睡觉，而 Y.S. 会用自己的床挡住门。他并没有教我们诗歌。他会连续好几个小时和我们谈论巴尔·谢姆·托夫，谈论他的曾孙子布拉茨拉夫的纳赫曼拉比以及教授哈西德主义的老师们在传授世人之爱和上帝之爱时会经过的小镇。Y.S. 并没有戴犹太小帽子，他也不祷告，可他对教授哈西德主义的老师们极为忠诚，并把他们称为"上帝的圣民"。

夏末，那些人贩子试图拐骗米柳。在我们这群孩子当中，米柳的歌声最为美妙。那些人贩子闯入棚屋两次，试图抓住米柳。Y.S. 费尽全力进行反击，拯救了米柳。然而，人贩子们并没有被吓跑。一天晚上，三个人贩子闯了进来，绑走了米柳。Y.S. 为了保护他，受了很重的伤。第二天，他被送到那不勒斯的一家医院。

后来，雨开始下得很大。意大利警方封锁了集中营并开始调查。商人们和走私者试图保护他们的东西，却似担雪塞井，徒劳无功。他们的箱子被没收后装进两辆卡车里。卡车载着那些走私品离开集中营后，人们猛扑向一个名叫希弥尔的人，指责他告发了他们。希弥尔否认人们的指控，声称自己是个心善的犹太人，绝不会告发自己的同胞。商人们和走私者并不相信他;他们确定就是他告发了他们,并开始毒打他。他尖声大叫并苦苦哀求,可他越哀求,他们下手越重。最终,他不再尖叫了,全身蜷缩着死了。

希弥尔死后,我们和我们的老师 Y.S. 一起离开了集中营,并和他一起搬到了沙滩旁的一个废弃的棚屋里。

第十三章

　　我不是从农民身上学会祷告的。那时，我在去往巴勒斯坦的路上，暂时待在一个临时难民收容所里。那是一个破旧的长型棚屋，里面挤满了好几百个幸存者。男人们在光天化日之下打牌、喝伏特加酒，并和女人们发生性关系。在棚屋的黑暗角落里，人们站着进行晨祷和晚祷。祈祷的人并不多。总是很难召集十个人组成祈祷班。战后，人们对生活的渴望十分强烈，并且取笑祈祷这一行为；他们不愿意加入祈祷，甚至不愿意以旁观者的身份加入。起初只是劝说人们加入祈祷，而后不得不请求人们加入。

　　如果能够独自一人祷告，事情就会变得容易得多。可又能怎么办呢？犹太人一定要一起祷告，这是规定。

　　每个营房的门口，一个身材矮小、毫无朝气的平庸男人不分昼夜地站在那里劝说人们加入祷告的行列。然而，由于劝说并不成功，其他人还会用遭天谴来威胁他们，从而唤醒他们的内疚。难怪这些人会被蔑视。他们被侮辱、被肆意谩骂并且当他们继续触犯上帝的怒火时，他们会遭到无情地毒打。

然而，不知怎么的，晨祷和晚祷时，祈祷班总是能够形成。人们确实来了，有的是自愿的，有的是被迫的。这种坚持不懈让人发疯。每一天都是争论、相互指责和咒骂。正如每一场战役从记忆中苏醒过来，多年来从未听到过的词语从遗忘的世界中被挖掘出来。那时，我十三岁。强烈地想要祷告。那些祷告的人并没有友善地对待在场的我，他们带着怀疑——甚至轻蔑的目光望着我，可我，不知道为什么，竟没有缺席一次祈祷班。那个旋律——那个悲伤单调的旋律——使我着迷。

"也许你可以教我祷告？"我问其中一个人。

"为什么？"他说着，甚至没有转过头来看我一眼。

另一个听到我的请求的人插嘴说道："这不是简单的事——这是非常系统复杂的过程。你为什么需要祷告？"

那时候，孩子们再次陷入了险境。人贩子、货币兑换商、走私者和普通的小偷让他们执行危险的任务。小孩落入了警察手里的事情时有发生，那些落入警察手里的小孩常常遭到毒打，因为他们不敢供出那些指使他们的人。也有一些胆大妄为的孩子加入帮派，四处走私东西，在那不勒斯的妓院里过夜。没有人敢动他们一根手指头。任何伤害他们的人都把自身置于险境，因为他们胆大妄为、无法无天。那时，有三帮孩子在那不勒斯四处游荡。有时候，三个帮派之间会爆发战争。这些战争导致了受伤和死亡事件，可大多数的孩子都是脆弱和被动的，他们只是做了大人们让他们做的事情。

我再次鼓起勇气，请求其中一个祷告的人教我祷告。他严厉地看着我，问道："你为什么不在家里学？"

"我的父母不是信徒。"我诚实地说道。

"如果你的父母不是信徒，那你为什么要成为信徒？"

我不知道如何回答，所以我只好说："我想要祷告。"

"你不知道自己要的是什么。"他转身背对着我说道。

秋天快来的时候，营房里开始人去楼空。一些幸存者出发去巴勒斯坦；大多数的幸存者则去了澳大利亚和美国。外面寒风刺骨。屋内扑克牌游戏正打得火热，并且还爆发了几场斗殴。其中一个走私者试图让我加入他的帮派，每走私一次就能挣五十美元。我听过很多关于这些短途旅程的故事，听过与边防警察发生冲突的故事以及听说告发走私者们的告密者的故事。一般情况下，他们会七人成群地行动，每次总有一人被捕或被杀。

我内心深处想要祷告的欲望逐日递增。这种渴望变得无法满足、无法言明，它每天都在生长，每天都在折磨我。祈祷班里的一个人注意到我的忧伤，轻声对我说："你很快就要出发去巴勒斯坦，"他说道，"巴勒斯坦的人在农场里干活，他们不祷告。"

后来，总算有一个商人同意教我祷告。他是个身材结实的家伙，长得很难看，说话急促而含糊。他给我念过几次已褪色的祈祷书开头的几个大字，然后信口说道："好了，去练习吧。"

我练习了两天。显然，我并没有成功。一旦我犯错，他就会扇我耳光。我本可以离开这个地方去另外一个营地，可不知为何，我深信学习祷告和承受苦难息息相关,所以我接受这种苦难。其中一位礼拜者看见我被扇耳光,转身问我的老师:"你为什么打这个孤儿?"

"为了让他牢牢记住祈祷书的内容。"

"你不应该打孤儿。"

"啊,不会伤到他的。"

对我来说,学习希伯来字母很难,我常常差点儿离开那个地方,离开那个人,可是不知为何,我并没有离开。另一位难民看到我忧伤,他忍不住教训我。"和你年龄相仿的男孩子都已经在做重要的事情了,"他说道,"你还没吸取教训?"

我不知道他说的是哪个教训。不管怎么说,我喜欢祷告。我希望自己有一天也能够手持着祈祷书站着祷告,这一渴望十分强烈,比我所承受的耻辱还要强烈。那个男人并不怜悯我。有时候,我觉得他打我是为了根除我想要祷告的欲望。

我向那个男人学习了两个月的祷告。那个男人的名字是皮尼。随后,他获得了签证,出发去了澳大利亚。他带着一瓶酒离开了祈祷班。他在黑市的朋友似乎并不为他感到高兴。而对于我,他采取的是躲避的策略。

我很高兴他离开了。在他走后的很长一段时间里,他的冷漠和克制的愤怒一直让我感到害怕,虽然他留给我的祷告给我带来了许多快乐。

他离开一个月后,我开始学会了祷告。那种我能够跟得上那个带领祷告的人,能够和其他所有人一起复述他的祷告词的感觉让我充满了勇气。在我眼里,甚至连那个毫无朝气、既冷漠又自私的商人也是十分善良友好的。

　　当然，我错了。其中一个前来祷告的人暗示要我走私香烟到西西里岛。当我拒绝的时候，他威胁我说："给我当心点！下次再让我在这儿看到你，你死定了。"

　　我把这个威胁当真了，我不再去祈祷班。幸运的是，那个星期的后几天，我们搬到了另一个营地，而我想要祷告的欲望也被我隐藏了起来。

第十四章

　　战争产生了许多奇怪的孩子，但奇可是独一无二的一个。据说，他的记忆力非同寻常。他能够毫无差错地连续重复说出三十个数字，就像说出三个数字一样。我第一次见到他是在去巴勒斯坦的路上，在意大利的难民营里。他是儿童剧团的一员，这个剧团里都是一群年龄介于七八岁之间的儿童。在这个剧团里，有玩杂耍的人，有吞火魔术师，有一个在两棵树之间走钢丝的小孩。还有一个拥有夜莺般美妙歌喉的女歌手阿马利娅。她并不是用某一具体的语言歌唱，而是用一种她自己的声音，一种混合的声音，夹杂着记忆中家乡的词语、牧场里的声音、森林里的噪声以及女修道院里的祷告声。人们一边聆听她的歌唱，一边哭泣。她唱的究竟是什么？很难正确地判断出来，但她仿佛总是在讲述一个充满隐秘细节的悠长故事。她的朋友会在她的身边伴舞，或者，有时候他会独舞。阿马利娅喜欢望着他。虽然她和他年纪一样，都是七岁，或者，她甚至有可能年龄更小，但她会像一个姐姐一样盯着他。她看上去很成熟，一脸关怀，仿佛她想要保护他。还有一个孩子用口琴吹奏苏联歌曲。他已经六岁了，可是看起来更小。他们给他造了一个箱子，他站在箱子上吹奏。

这个儿童剧团一路上跳来跳去，从一个营房走到另一个营房，晚上，他们会热情款待那些厌倦了战争和自己的人。那时候，人们不知道该如何自处，他们突然逃过一劫，不知道该做些什么。没有言语；留守家园的人说的话听起来很空洞。有时候，有人会冒出来，他的嘴里冒出一些词语，可他使用的是战前的词语，听起来像喧哗的吵闹声，没有任何味道。只有小孩子的言论依然有某种活力。我指的是小孩子，因为十二三岁的孩子已经堕落了：他们像成年人一样交易、兑换货币、偷窃和抢劫。然而，与成年人不一样，他们机敏灵巧。森林里的那段岁月教会了他们如何行动迅猛，如何攀爬和疾走。在森林里，他们通过观察动物，学到了很多。

我们尚未意识到这群孩子已经创造出了一种新的语言。这种语言来自他们本身，来自他们的站姿或坐姿，来自他们演唱或说话的方式。这些方式直接坦荡，没有一丝隐瞒。

那时，奇可七岁，他的记忆能力让观众瞠目结舌。他的经纪人最终教会他讲故事，他会在台上将那些故事复述一遍，毫无差错。精明的经纪人很快就明白奇可是个金矿，他马上采取行动。他教会奇可一些赞美诗和（犹太教）珈底什（每日作礼拜时或为死者祈祷时唱的赞美诗）。他教会他以传统的方式祷告，因为他自己就是教堂唱诗班指挥家的儿子。

很快，奇可就背熟了诗节，而且很快就在那群儿童表演者中鹤立鸡群。他总是在最后压轴出场，抢尽风头。诚然，奇可的祷告词和其他任何祷告词不同。他的祷告既不是一阵悲叹，也不是一声声恳求，而是只有祖先才知道的纯粹的虔诚。

所有的目光都集中在奇可身上。那一刻，他满足了观众的需求：有点相信他们已经几乎遗忘了与失去的挚爱之人之间的联系。很难知道奇可是否理解他自己说的话。不管怎么说，他的祷告是如此清楚、自然和干净，所有听到他祷告的人都像孩子似的哭了起来。

由于奇可的演出十分成功，他剧团里的同伴不再出场，一整个晚上都是奇可的演出。"他还是个孩子，"人们说道，"他是个神童、天才，是天才的转世。你这一辈子见过一个七岁的孩子熟记整本祈祷书吗？！"

他的经纪人日进斗金，并逼迫他的儿童剧团四处巡演。奇可夜夜表演，有时候白天也演出。经纪人小心翼翼地供他吃喝，如果奇可不肯吃东西，他就会训斥他并逼他吃。奇可吃着吃着就变胖了。然而，虽然他变胖了，而且必须表演那么多次，可他的祷告依然纯粹，简直是奇迹中的奇迹。

他的嗓音逐周变得更加纯净。任何听过奇可祷告过的人都会再次被他吸引。因此，奇可连续表演了一整个夏天。冬天，经纪人修葺了一个废弃的棚屋，在屋里放满了长椅，并安排了一位门卫守在门口。他确定他现在的收入只会有增无减。

然而，那个让人看到了美好希望的棚屋却没有带来好运。乔迁新居的那天晚上，奇可感染了风寒，躺在床上，高烧不止。他的高烧持续了两周，等他终于下了病床，却把那些祷告词忘得一干二净。经纪人试图把那些祷告词从头到尾再教他一遍，却徒劳无功。如今，奇可那双蓝色的眼里露出了某种困惑的神色，仿佛他不理解人们对他说的话。

"奇可！奇可！"经纪人会摇晃着他的身体，可奇可再也不是以前那个奇可了。

经纪人陷入了绝望的深渊，他只好让阿马利娅和她的搭档，并让那个吹奏口琴的孩子重回舞台。他们很优秀，突破了自我，可他们还是无法与奇可相提并论。"奇可在哪儿？"观众席里传来了一阵喧哗声。经纪人没有办法，只好让奇可出场，让大家看看奇可还活着。一个月前，奇可还能够敏捷地爬上舞台，立马开始祷告，可现在他站在那里一动不动。他那蓝色的眼里露出恐惧茫然的神色。

就这样，奇可的主演结束了。阿马利娅和她的搭档以及剧团里的其他成员竭尽所能，可人们还是不愿意花大钱看他们的表演。晚上，经纪人会严厉批评奇可好吃懒做，一点儿也不努力。最终，他威胁要把奇可送到巴勒斯坦，送到那个天气酷热、人们从早到晚都要辛勤劳作的地方。很难知道奇可在想什么。经纪人的话显然伤害了他，因为他噘着嘴，右肩不受控制地颤动。虽然整个剧团在他们经理的手上受过不少苦，可是孩子们并没有离开他。"快跑！"人们会催促他们，但他们似乎已经习惯了他，习惯了他的横行霸道。

冬末，一些人袭击经纪人，并把他暴打了一顿，然而，他并没有轻易屈服。他发出哀鸣声，并大叫："那些孩子是我的，是我一个人的。我是他们的导师，战后我就一直照顾他们。"

然而，他的恳求并没有用。当他躺在地上，流血不止的时候，孩子们被提起来，放到一辆卡车上，然后被直接带到停泊着一艘船的海岸边。

从那不勒斯到海法的整个旅途中，这个剧团夜夜在船的甲板上演出，有时候，白天也会演出。虽然，奇可的记忆能力再也没有恢复，可他会声情并茂地背诵祷告词"上帝充满怜悯"。他的脸变得更加成熟，他看起来比他实际的年龄还要显老——他更像是个九岁的孩子。来自特兰西瓦尼亚的、身材高大的女人把他裹在一件毛衣里，并且整个航行途中都没有离开他半步。

第十五章

"二战"持续了整整六年，可有时候，我觉得它只持续了一个漫长的夜晚，第二天醒来我就变成了一个完全不一样的人。有时候，我觉得身处战乱之中的并不是我自己，而是其他人，一个和我非常亲密的人，而那个人会告诉我到底发生了什么事情，因为我自己不记得发生了什么事情以及事情是如何发生的。

我说"我不记得"，这是实话。那些年留在我身上最深刻的印记是那些激烈的身体印记。对面包的渴望。直至今天，我依然会半夜时分醒来，饥肠辘辘。饥饿和口渴的梦魇几乎每周都缠着我。我吃起东西来就像那些挨过饿的人一样，胃口莫名地大得惊人。

战争时期，我曾经身处多地——火车站、偏远的村庄、河岸边。这些地方都有名字，可我一个也想不起来了。有时候，我觉得那段战争岁月像一个无边无际的大牧场；有时候又觉得它像一片黑暗阴郁的无际森林；有时候，又像是一长列背负着一捆捆重物和背包的人。偶尔，有些人瘫倒在地上，被其他人践踏在脚底。

过去发生过的一切深深地印刻在我的身体里，而不是我的记忆里。本应该是我的大脑记住的，可我身体里的细胞显然比我的大脑记住得更多。战后的许多年里，我既不会走在人行道的中间，也不会走在路的中间。我总是靠着墙壁走，总是待在阴影里，总是走得很快，仿佛要溜走似的。一般来说，我并不沉湎于哭泣，可现在，甚至连最寻常不过的离别都能让我潸然落泪。

我说"我不记得"，可我还是能想起许多细节。有时候，某一碟菜的香味或湿鞋的味道或一阵突然的噪声就足以让我回到战争之中，让我觉得战争实际上并没有结束，而是在我不知情的情况下依然进行着。既然我已经完全意识到了，我明白战争开始以后就从来没有停止过。

战争时期里，大多数时间我都在村庄里、田野里、河边和森林里，绿意自然印刻在我身上。每当我脱掉鞋子踩在草地上，我马上就会想起那些牧场以及分散在无边无际牧场上的有斑点的动物。随后，一阵畏惧这些开阔空间的感觉笼罩在我的心头。我感觉自己腿上的肌肉绷紧，有那么一刹那，我觉得自己犯了一个错误。我依然身处战乱之中，我必须撤退到森林的外缘，不断地逃跑和躲避，因为森林的外缘更为安全。在森林的边缘，你可以躲在暗处观察别人，而别人却看不见你。有时候，我发现自己在一条黑暗的巷子里——这在耶路撒冷是很寻常的事情——我知道那扇门很快就会关闭，而我就无法出去。我加快了我的步伐，试图逃掉。

有时候，单单是坐下或站立的动作就能让我想起人群拥挤、行李繁多的火车站。那里人群喧闹,各种争吵声和扇孩子耳光的声音此起彼伏,人们伸出手臂和双手不断恳求:"水,水!"然后,成百上千的人突然站了起来,集体朝着一个被滚进月台的水桶走去,一只大脚的脚底落在了我脆弱的胸腔上,压得我快没气了。难以置信的是,那只脚的脚底依然落在我的身上,我依然能清楚地感受到那种疼痛,而且,有那么一刹那,我觉得自己疼得动不了了。

有时候,整整一个月我都没有想起我在战争中经历过的事情。当然,这只是暂时的。有时候,仅仅是躺在路边的一个旧物件就足以使许多人停下脚步,那是一长列正在行进的脚步。如果有人倒下了,没有人会帮他站起来。

1944年,苏联重新占领了乌克兰。那时,我十二岁。一个女幸存者注意到我,看到我十分迷茫,她弯下腰来问我:"孩子,你经历了什么?"

"没什么。"我回答道。

我的答案一定使她大为吃惊,因为她没有再问我任何问题。在我去南斯拉夫的漫长路途中,人们用不同的方式问了同样的问题。甚至在以色列,人们也是没完没了地问我这个问题。

经历过战争的成年人看到并记住各种地名和人名,战争结束后,他可以坐下来回忆或谈论(毫无疑问,他会继续这么做,直至生命的尽头)。然而,我们小孩子记住的不是名字,而是那些完全不同的东西。对一个小孩子来说,记忆是一个时刻充盈的蓄水池。随着岁月的流逝,这个蓄水池会被重新装满,池水会再次纯净。水池并不是按照年份蓄水，而是不断溢出和不断变化的，如果我可以这么说的话。

关于那段岁月，我已经写了二十多本书，可有时候我觉得自己尚未开始描述那段岁月。有时候，我觉得一段充满各种细节的记忆依然埋藏在我心里，当它冒出来的时候，它会连续好几天地在我心里猛烈且强烈地翻涌。那是一个关于强行前进的记忆片段，多年来，我一直试图描述这段经历，可是从来没有成功过。

我们已经连续前进好些天了，我们排成一条长长的队伍，步履艰难地穿过泥泞的路。罗马尼亚士兵和乌克兰民兵包围着我们，他们用鞭子抽打我们，开枪朝我们乱射。父亲紧紧地拉着我的手，可我的小短腿几乎触不到地面，冰冷的水如刀般割着我的腿，水面如我的小腰般高。黑暗笼罩着我们，除了父亲的手，我什么也感觉不到。实际上，我连父亲的手也感觉不到，因为我的手臂已经局部麻痹了。我心里明白，只要我做错哪怕一个小小的动作，我就会沉下去，会溺水身亡，甚至连我的父亲也无法将我从水里拉出来。许多孩子就是这样溺水身亡的。

晚上，停止前行的时候，父亲把我从泥淖之中拉出来，用他的大衣帮我擦我的腿。不久前，我的鞋子已经掉了，有那么一会儿，我把我的腿埋在父亲大衣的衬里里。微微的暖意把我弄得很疼，我很快就把我的腿抽了出来。不知道为什么，我的这一急速的动作让父亲很生气。父亲会对我大发雷霆。我很害怕他发火，可我不愿意再把腿伸进他的大衣衬里里了。父亲以前从未对我发过火。母亲偶尔会扇我耳光，可父亲从来不会这么做。我告诉自己，父亲若是生气了，那意味着我离死期不远了。我紧紧地抓住父亲的手，父亲的态度软化了些，他说道："现在不是任性的时候。""任性"——这是一个母亲经常使用的词语——如今听起来却给我一种奇怪的感觉，仿佛父亲用错了词，或者，可能是我错了。我就这样抓着父亲的手睡着了，可我并没有睡很久。

虽然天空依然很阴暗，士兵们用鞭子和枪声唤醒我们。父亲抓着我的手，把我拉了起来。泥潭很深，我感觉不到脚下有坚硬的土地。我还处于睡眼惺忪的状态，完全不知道要害怕。"好疼！"我大声叫道。父亲听到了我的尖叫，马上回答我说："给我安静点儿，安静点儿。"

我常常听到这几个词。这几个词后常常伴随着恐怖的崩溃以及尝试拯救溺水小孩却徒劳无功。淹死在泥潭中的不仅有孩子；甚至连身材高大的人也会沉下去，跪倒下来，然后被淹死了。春天正在融化冰雪，每过一日，泥潭就变得更深。父亲打开他的背包，把几件衣服扔进泥潭里。现在，他的手用力地抓着我的手。晚上，我揉着我的手臂和腿，并用他的大衣的衬里把我的手臂和腿擦干净。有那么一刹那，我觉得不仅我的父亲和我在一起，连我深爱的母亲也和我在一起。

第十六章

从乌克兰大草原到海法海岸的漫长路途中,我遇到许多虔诚的人。在一艘船上,更准确地说,在一艘船上人与行李混杂在一起的甲板上,我看见一个上了年纪的男人怀里抱着一个约莫五岁的小女孩。那是个快乐的小孩,她笑容满面,身边所有的人也跟着她一起快乐。她穿着一条不错的羊毛裙子,看起来不像是经历过战乱。她说一口犹太德语,唱歌的声音很悦耳。其他所有人要么晕船,要么水土不服,要么累得身体僵硬,可她所有的动作都优雅无比。事实证明,照顾她的那个男人并不是她的父亲,可他比一位父亲还要专心细致。他认真地聆听她所说的每一个字,一字不漏,而且还一脸惊奇地凝望着她。

那艘船穿过了惊涛骇浪,甲板上有许多人:粗俗的男人和身材高大、脾气暴躁的女人。他们当中的大多数人已经病了,不断地呻吟和呕吐,只有小海尔格没有抱怨。事实上,甲板上越喧闹,她笑得越灿烂——尽管没有人注意到她的笑容。每个人都沉浸在自己的痛苦中，这让人想起了不久前的那个火车站。在那个火车站里，人们被推挤着上了运畜拖车。

暴风雨过后，太阳马上就出来了。海面恢复了平静，人们从成堆的包和行李里钻出来，站在栏杆旁。那时，我们才看到海尔格的右小腿已经被截肢了。显然，她的腿是不久前被截的。伤口上还包扎着绷带。

收养她的那个男人把绷带拆下来，换上新的绷带。"痛吗？"他问道。

"不痛。"海尔格笑着回答道，仿佛他询问的是一个小伤。然后，她站在了他的大腿上。人们围在他们的身边望着他们。那个男人讲述了他是如何在几个月前发现海尔格躺在一堆草堆里。他说话的声音很单调。她微笑着朝他伸出一只手。"我能怎么办？"他笑着说道。"她是一个天使，真的是一个天使。你无法拒绝天使，不是吗？"

"那她的腿为什么被截肢了？"

"因为受到感染。军医说感染不仅损害了她腿部的组织细胞，而且会使她的生命受到威胁。"

"那你们现在要怎么办？"他们不停地问他问题。

"没什么特别的。伤口正在愈合。现在看起来好多了。"

"她还能走路吗？"

"当然，"那个男人说道，"到了巴勒斯坦，我们就会给她装上假肢。海尔格很想走路。"

"她的父母是谁？"

"那是接下来我们要解决的问题。"他干巴巴地说道,他的声音听起来有些不自在。

"你没有一点儿头绪?"

"有头绪,可他们不重要。"

"海尔格,亲爱的,你什么都不记得了吗?"一个身材高大的女人在她跟前弯下腰来问道,这让所有人都震惊了。

海尔格笑了笑。"我记得下雨了。"她说道。

"你说的是什么雨,亲爱的?"那个女人温柔地问道。

"那场下个不停的雨。"

"然后呢?"身材高大的女人继续追问道。

"我全身都湿了。"她一脸惊奇地说道,仿佛不是在陈述一个事实。

"你不冷吗?"那个女人继续温柔地盘问道。

"不冷。"海尔格说道。

"那你和谁在一起?"

"雨水。只有雨水。"

"你的身边没有人?"

"可能有吧,但我没看到。"

"好奇怪。"那个身材高大的女人说道。

海尔格舔了舔她的嘴唇,并没有回答。

"那场雨下了多久?"

"一直在下。"海尔格抬起头说道。

"好奇怪。"那个身材高大的女人重复道。

人们静静地站着，仿佛他们意识到自己在见证一场不同寻常的对话。

"下完雨之后呢？"

"我不记得了。"海尔格朗声说道。

"然后雨一直下个不停？"那个女人谨慎地说道。

"坑里都是水。"

"那你呢，你在做什么？"

"没什么。"海尔格说道，仿佛最终找到了合适的词语。

"她是个非常聪明的孩子。"那个收养她的男人插嘴说道。

那个身材高大的女人站直了起来，但并没有停止询问海尔格。

然后，不知道为什么，人们期望那个女孩讲述自己的故事。海尔格低下头来，一言不发。她脸上的笑容仿佛开始消失。

"你不想念那场雨吗？"那个身材高大的女人重复道。

"不想。"海尔格清晰地说道。

"你不该问她的。"一位年老的男人插嘴说道。

"为什么？"那个身材高大的女人好奇地问道。

"因为你会使她困扰。"

"我不过是问问。"那个身材高大的女人红着脸说道。

"你的问题会使她困惑。离她远一点。"

"我们都爱她。"那个身材高大的女人说道。

"你凭什么代表所有人发言？"那个老人咄咄逼人地问道。

"那是我的感觉。"

"让大家自己发言。"

最后那个句子让人们感到迷惑不解、沮丧不已。他们散开了，仿佛受到责骂似的。

海尔格坐在那个收养了她的男人的大腿上。她的脸上又恢复了笑容。她动了动嘴唇，轻声地自言自语。那个男人抓住她的小手，把她放在自己的嘴唇上亲吻。"很快，我们就会到达巴勒斯坦，"他说道，"在那里，我们会有一所房子和一个花园。"

第十七章

　　从小,我接触人和事物时往往小心翼翼、心存疑虑。母亲把我的这一倾向归结于我婴儿时期重病缠身;我的外祖母则认为独生的孩子是天生多疑虑的。诚然,我是一名独子,极为依恋我的父母。我房子外面的那片区域,尤其是当我一个人的时候,看上去是那么冷峻和险恶。我的大多数梦(我居然能记得那些梦,实在是太奇怪了)都与一种被遗弃的感觉相联系。我伸出一只手,可那只手却悬在半空中。马上,我就被恐惧所支配。我会在半夜里醒来,全身发抖,母亲会赶紧安慰我说那不过是"做了一场噩梦",并且告诉我她永远也不会抛弃我,我们会永远在一起。不知为什么,她的这些承诺反而加剧了我的不安全感,我会悲恸万分,直至花光身上所有的力气。

　　上学后,我的不信任感更加强烈。在一个四十人的班里,只有两个犹太孩子,我是其中一个。那时,我瘦小孱弱,穿戴整齐以后,母亲会送我到学校门口。

这只会让更多人嘲笑我。课间休息的时候，所有人都会到外面的院子里玩一个红色的橡皮球，院子里尘土飞扬，尖叫不断。我会站在窗户旁，向外张望。那时我就知道：我永远也不能像他们一样玩耍。这很让我痛苦，可也让我觉得有趣：一种夹杂着自卑和优越的感觉。只要我能脱离他们的魔掌之外，我就能自如面对这些感觉；太靠近他们，我就容易成为他们踢打、扇耳光或掐拧的目标。

非犹太人的孩子们长得比我高大结实，我知道即便我很努力，也不能够消除我们之间的差距。他们会一直统治着长长的走廊和操场。我会挨打还是会被孤立全凭他们一时的兴致。常识告诉我要习惯他们的做法，然而，有时候愤怒占了上风。有时候，我会站在楼梯上，用最大的声音尖叫，克服萦绕在我内心的恐惧。

母亲试图通过见校长来插手此事，可徒劳无功。三十八个身材结实的人与我对抗，他们的腿像浪潮一样卷走任何挡在路上的东西——包括我。

我试过好几次为自己辩护，可却对他们没有产生丝毫的影响。相反，这让他们有理由把我打得更惨，他们还说是我先惹他们的。另一个犹太男孩在这场徒劳的挣扎中把我抛弃。很快，他就变得判若两人。虽然他比我还瘦，可他很好地融入到了操场的游戏当中。虽然他的力气不大，可他手脚灵活。最终，他背叛了我，仿佛我们不再属于同一个民族。

每一天，从清晨（冬天，从黎明前的黑暗时刻）到下午的三点，我都在学校里，和这群野孩子困在一起。难怪我记不住哪怕是一个名字，甚至连犹太老师的名字我也记不住。犹太老师必须和这群野孩子作斗争，这群野孩子才七岁，却拥有一股毁灭性的力量。和我一样，她站在那里，茫然失措，大喊大叫，却没有用，只引发了一连串的笑声。我记不清那些脸孔，可我清晰地记得宽宽的石阶梯、阴暗潮湿的走廊以及无数条如浪潮般卷走任何东西并冲出来的腿。我记得监管校园的那些门卫。他们既冷酷又狡猾，是最高的裁决者，让所有人闻之丧胆。如果有孩子捣蛋，他们就会把那个孩子绑起来，鞭打十下。接受完惩罚后，那个孩子必须亲吻那个负责鞭打他的人的手，并说道："谨尊吩咐，天父。"说完就离开。这个仪式每周都要重复几次。

母亲常常想让我退学，可父亲不允许她这么做。父亲说这就是生活，我最好坚强起来面对它。母亲害怕我受的苦太多，可父亲的立场十分坚定，仿佛他认为未来还有比这更加艰辛的生活在等着我。

上学的第一年快要结束的时候，我的正式教育也结束了。"二战"爆发了，所有的事情都发生了翻天覆地的变化。几周内，被众多宠爱和温暖包围的七岁小孩失去了自己的母亲，成为了被遗弃的小孩，生活在犹太人隔离区里。最终，这个孩子跟着父亲被迫跋山涉水横穿乌克兰大草原。一路上，奄奄一息的人躺在死人旁边，小孩用仅存的体力在尚能行走的人的陪伴下一瘸一拐地走着。

我对这些景象依然记忆犹新。有时候，我觉得那个长达两个月的行程实际上在过去的五十年内一直持续着，而我依然一瘸一拐地走着。

走了两个月后，我们——诚然，我们当中只有很少的人——来到了那个被诅咒的营地。没过几天，我与父亲便被分开了，我逃离了营地。从那时起，我就是一个孤儿，开始走上了孤独的和与世隔绝的道路。很快，我就变得沉默寡言，若被提问，我就尽可能简短地回答。

战争中，我锻炼了自己的怀疑精神，达到了炉火纯青的地步。在靠近一所房子、马厩或谷仓前，我会趴在地上聆听，有时候会听上好几个小时。我可以通过听到的声音来判断那里是否有人，以及有多少人。人总是危险的标志。战争中，很多时候，我都趴在地上聆听。除此之外，我还学会了聆听鸟儿的声音。鸟儿是了不起的预言者，它们不仅能预言即将到来的雨，而且能预言坏人和野兽。

在田野和森林里游荡的那段岁月里，我学会了喜欢森林，而非开阔的田野；喜欢马厩，而非房子；喜欢残疾人，而非身体健康的人；喜欢在村子里流浪的人，而非理应值得尊敬的屋主。现实常常杀我个措手不及，然而，大多数时候，我的疑虑都得以证实。随着时间的推移，我明白了物体和动物是真正的朋友。在森林里，围绕在我身边的是树木、灌木、鸟儿和小动物。我一点儿也不害怕它们。我知道它们不会对我造成伤害。我渐渐与牛群、马儿亲近，它们让我感到温暖。至今，我依然能感受到那种温暖。有时候，我觉得拯救我的是我在路上遇到的动物，而非人类。我与小马儿、猫儿以及羊群在一起的时光是我在战争中最快乐的时光。我会融入他们当中，直至成为它们的一分子，直到我陷入了遗忘的世界，直到我在它们的陪伴下进入梦乡。我会睡得很沉，睡得很香，就像睡在父母的床上一样香甜。

我注意到我们这一代人，尤其是在战争时期还是个孩子的那些人，对人持有一种怀疑的态度。人是难以预测的。第一眼看上去是冷静或理智的人或许是野蛮人，甚至是谋杀犯。

离开了收养我的那个女人玛丽亚以后，我帮一个盲人老农民干活。起初，我很高兴他是个瞎子，然而，我很快就明白他和其他视力良好的农民一样残酷无情。一旦他发现我没有做好我的分内之事，或者一旦他发现我没有干活而是偷吃东西，他就会把我喊到他的跟前，扇我耳光。事实上，一旦我靠近他，他就会向前俯冲，用他肌肉发达的手打我。有一次，他似乎以为我喝了桶里的牛奶，桶里的牛奶是我负责挤的，他把我推到地上，抬起脚来使劲地踩在我身上。然而，我注意到他会安静温柔地靠近在谷仓里的动物，抚摸着它们的头并对它们耳语一些亲热的话。他只对我发脾气，他的脾气十分暴躁，仿佛他将发生在他身上所有的坏事都归咎于我。

我在田野和森林里住了大约两年。有一些景象印刻在我的记忆里。更多的东西我已经忘了，可不信任感已经在我的身体里打下烙印；直至今日，我都会每走几步路就停下来注意倾听。我还是不善言辞，这也难怪：战争时期，人们很少交谈。似乎每一场灾难都带来沉默：没有什么可以说的。每一个在犹太人隔离区和集中营里的人或每一个躲藏在森林里的人骨子里都知道要保持沉默。战争时期，你不会赞同他人的观点，你也不会激化意见分歧。战争是聆听和沉默的温室。饥肠辘辘、口干舌燥、畏惧死亡——所有的这些都让语言变得奢侈。根本没有说话的必要。在隔离区和集中营里，只有疯子才会说话，才会解释，才会试图说服他人。理智的人不开口说话。

那些年，我开始产生了对语言的不信任感。一系列流利的语言唤醒了我内心的疑虑。我更喜欢结结巴巴地说话，因为结巴的时候，我可以听到摩擦的声音，可以感觉到不安，感觉到消除语言污点的努力以及发自内心的想要给予的欲望。通畅流利的句子给我一种不清晰的感觉，让我感觉到了一种隐藏了空虚的秩序。

在战争中,那句"判断一个人就看他的行动"的古老名言,对我来说,尤为正确。在隔离区和集中营里,我遇到了许多受教育的人,包括著名的医生和律师,他们愿意为了一块面包杀人。可同时,我也遇到了那些懂得如何放弃、给予、谦让然后在不伤害任何人或不让任何人感到内疚的情况下走向死亡的人。战争不仅揭露了表面的性格特征;还揭露了人们的本性。事实证明,人的本性并不只是黑暗。自私和邪恶让我感到一丝丝恐惧和恶心;慷慨之人毫不吝啬地给予我温暖。当我想起他们,我的内心感到羞愧不已,因为我的身上没有一点点他们的善良。

战争中,我们能够看到不同意识形态的价值观。有一些共产主义者,他们对伙伴的信仰是如此纯粹,近距离接触后,你会发现他们仿佛是虔诚的信徒。他们所做的一切都是全身心地投入。我觉得这条规则也适用于虔诚的信徒。有一些人遵守犹太传统,可战争把他们变成了无情和自私的人;也有一些人把上帝的戒条上升到了更高的高度。

在战争中,语言的流通性没有脸和手的流通性强。从脸上,你可以看出身边的人是想要帮助你还是想要伤害你。语言并不会帮助人理解事物。感官才能为人提供正确的信息。饥饿使我们回到了依靠本能的阶段,让我们依靠一种优于言语的语言。在你身体虚弱得跪了下来的时候,任何递给你一片面包或一罐水的人——他的手你永远不会忘记。

邪恶如慷慨:两者皆不需要言语。邪恶更喜欢隐藏和黑暗,慷慨不喜欢自吹自擂。战争中充满了痛苦和绝望。有许多极为复杂的感觉似乎需要详细的解释,可那又能如何——痛苦越大、绝望越深,言语就变得越奢侈。

战后,言语才重新出现。人们再次开始质疑和好奇,那些没有经历过战争的人需要一个解释。所提供的解释似乎毫无价值和可笑,可人们需要解释和解读,这种观念根深蒂固,尽管你意识到这些解释是远远不够的,但你依然试图解释。显然,这些尝试是在努力回归正常的文明生活,可不幸的是,这些努力是荒唐可笑的。在灾难面前,言语是苍白无力的;言语是可怜的、悲惨的、容易歪曲的。在灾难面前,甚至连古老的祷告也是苍白无力的。

20世纪50年代初,我开始写作,无数关于战争的文字喷涌而出。我详细记述了、见证了、坦白了、评价了许多故事。那些向自己和挚爱之人承诺会在战后坦白一切的人的确履行了他们的承诺。这就是为什么会出现笔记本、小册子和回忆录集。这些纸张承载了许多痛苦,可当中也有许多陈词滥调和缺乏深度的东西。战争中和战后短暂的一段时间内的沉默似乎淹没在一堆文字当中。

真正重大的灾难是那些我们为了得到庇护而用文字去粉饰的灾难。起初,我书写的文字是一种绝望的呐喊,希望能找到在战争中围绕在我身边的沉默。第六感告诉我我的灵魂也被包裹在同一种沉默当中,如果我能够振作精神,那么或许正确的词语就会出现。

我的写作生涯刚开始的时候严重受挫。战争的经历在我心里留下了沉重而压抑的阴影,让我更加想要压抑它。我想要在我以前生活的基础上建立一个新的生活。我花了好些年才能恢复以前的样子,即便我真的恢复了以前的样子,我还有很长的一段路要走。人该如何赋予灼热的火焰以形式？从何开始？如何建立联系？使用哪些词汇？

关于"二战"的文字大多是证词和叙述，这些证词和叙述被认为是真实的表达；文学被视为凭空虚构。然而，我不能作见证。我记不起人名和地名——只记得阴暗、沙沙声和动作。很久以后，我才明白这种原材料是文学的精髓，才明白可能可以从中创造出一种内有的叙述。我之所以说"内有的"，是因为那时候编年史被认为是真相所在。"内有的"表达尚未出现。

我的诗学观在我生命的开端便开始形成；我指的是，通过我在父母家里和漫长的战争中所看见及吸收的一切而形成的。那时，我形成了对人、对信仰、对情感和对文字的态度。随着时间的流逝，这种关系并没有改变。虽然我的人生已经变得更加丰富，虽然我增加了词汇量、概念和知识，可我与世界的基本关系并没有发生改变。在战争中，我看见生命最原始的样子——朴素而不加装饰。好与坏、美与丑——所有的这些如同几捆绑在一起的绳子暴露在我的面前，谢天谢地，这并没有使我变成一个道德主义者。相反，我学会了如何尊重人类的弱点以及如何爱人类的弱点，因为弱点是我们的精髓和人性。一个意识到自己弱点的人更有可能克服那些弱点。一个道德主义者不可能正视自己的弱点；他不会批评他自己，而是批评他的邻人。

我已经谈及了沉默和疑虑，谈及了我更喜欢事实而非解释。我不喜欢谈及情感。谈论太多的情感总是会让我们陷入多愁善感的深渊——践踏真正的情感和摧毁真正的情感。然而，从动作中衍生出来的情感才是感觉的真正的精华。

第十八章

我翻开了旧日记本。日记本的纸张是黄绿色的，有些纸张还粘在了一起，我歪歪扭扭的字已经模糊了。多年来，这本日记本一直是合起来，躺在一个行李箱里。我害怕这些笔记本，害怕他们会揭露我多年来一直试图掩藏的恐惧和性格缺陷。

1946年，我来到以色列，日记本里是用德语、意第绪语、希伯来语甚至是鲁塞尼亚语写的模糊的文字。我说的是"文字"而不是"句子"，因为在1946年，我还无法连字成句，那些文字是一个失去语言能力的十四岁孩子压抑的呐喊。日记本成为他堆积仅余的母语的地方，以及他刚学的文字的藏身之处。"一堆东西"不仅仅是一种修辞手法；它描述了我的灵魂。

没有语言，一切皆是混乱、混沌，以及对不需要感到害怕的事物的恐惧。没有语言，人就暴露了本性。那时，我身边的孩子们要么说话结结巴巴，要么说话嗓门太大，要么说话含糊不清。我们当中外向的人说话嗓门太大,而那些内向的人,他们的声音淹没在内心的沉默之中。失去母语的人是有瑕疵的。

我的母亲的母语是德语。她热爱德语,并培养了这门语言,当她说德语的时候,声音就像水晶铃声般悦耳。我的外祖母说意第绪语,她的语言有着不同的音调,或者,更准确地说,她的语言有一种特别的味道,因为它总能让我想起李子蜜饯。家里的女佣说乌克兰语,她的语言中夹杂着我们语言中的一些词语和外祖母语言中的一些词语。每天有好几个小时,我都和她在一起。她对我并不严格;她所愿的不过是让我快乐。我爱她,也爱她的语言。直至今日,我依然能清晰地记起她的脸,虽然在她的帮忙对我们至关重要的关键时刻,她抛下我们逃跑了,裙子里的口袋里还藏着我们家的珠宝和现金。

我们在家不常使用,但在街上随处可听到的语言是罗马尼亚语。"一战"后,我的出生地布科维纳被罗马尼亚所吞并,官方的语言也变成了罗马尼亚语。我们只会磕磕绊绊地说罗马尼亚语,从来没有掌握这门语言。

我们的身边有四种语言,我们生命中出现四种语言,这四种语言以一种奇怪的方式相辅相成。如果你正在说德语,想要说一个德语单词、短语或谚语,却想不起来,这时,你会用对应的意第绪语或鲁塞尼亚语来代替。我的父母试图保持他们的母语德语的纯粹性,但他们失败了,因为我们身边的所有语言的词汇会不知不觉地影响着我们,潜移默化地影响着我们。这四种语言融合成一种语言,这种语言有着细微的词义差别,形成巨大的反差,充满幽默和嘲讽。这种语言能够充分表达情感和微妙的感觉变化,充满了想象力和记忆。如今,这些语言不再出现在我的生命里，可我依然能感觉到它们在我的心里扎了根。有时候，如魔法般，单单一个单词就会使我想起整个场景。

我回到1946年，回到我来到以色列的那一年。在船上以及之后，在我们被英国人扣留的阿特利特的集中营里，我们学会了一些希伯来文字。这些文字听起来有异国腔调，但很难发音。它们缺乏温度，并不能唤起任何的联系，它们仿佛是从我们周围的沙子里蹦出来的。更糟糕的是，它们听起来像命令——工作！吃！打扫！睡觉！——仿佛这是士兵的语言，而不是一种能让你安静地谈话的语言。在基布兹和青年村，我们被迫学习这种语言。至少可以这么说，那些说母语的人会被严厉地谴责。

我从来不是个健谈的人，但如今，少有的几句可能从我嘴里吐出来的话也被我吞了回去。我们已经不再对话。同任何关键的情形一样，本性特征已经暴露了。外向专横的人知道如何发挥自己的优势。他们把自己的话变成了命令，填满了这个空荡荡的地方，声音如雷贯耳，控制着这片空旷之地。我变得越来越沉默内敛。对我来说，在以色列的第一年不是我打开心扉走向世界的一年，而是更加沉默内敛的一年。

那一年里，我们在田野里工作，我们学习了希伯来文、《圣经》和海伊姆·纳曼·比亚里克的诗歌。关于家和乡音的记忆消失了，可新的语言并不能轻易地在我的心里扎根。一些年轻人使用希伯来俚语，他们的嘴里轻易地吐出那些词汇，仿佛他们在这儿出生，希伯来语是他们的母语似的。然而，对我来说，不知为何，哪怕是说一个单词——更遑论一个句子——都需要我耗费很大的力气。

有时候，我会去雅法拜访几个远房亲戚——那是我在战前就认识的人。和这些远房亲戚在一起，我的母语会暂时离开它们的监狱。为了克服我的沉默和结巴，我用我所知的两种语言，即德语和意第绪语，进行广泛的阅读。我会重复整个句子来提高语言的流利程度。

我努力想要保护我的母语，可周围的环境却把另一种语言强行加在我的身上，使我的努力白费。我的努力逐周减少；到了那一年年末，我的努力所剩无几。这给我带来了痛苦，这种痛苦是把双刃剑。我的母亲在战争初就被杀害了，我的心里一直记住她的音容笑貌，不知怎么的，我一直相信战争结束的时候，我会与她再次相见，然后所有的事情都会回到以前的样子。我的母亲和她的语言融为一体，不分彼此。如今，那种语言已经从我生命中消失，就好像我的母亲又死了一回。一阵深深的悲伤像毒品一样笼罩我，不仅笼罩着醒着的我，而且笼罩着睡着的我。睡梦中，我和一群难民一起游荡，那些难民全都结巴，只有路边的动物——马、牛和狗——才口齿伶俐，仿佛人类和野兽互换了身份。

我学会了希伯来语，并把它变成了我的母语，这花了我好些年；躺在我桌上的那本泛黄的日记本证明了这一点。日记本里字迹潦草和混乱的地方很明显，不用笔相家出马就能发现。日记里，希伯来语的拼写错误和德语的拼写错误一样多。每一个字母都代表了巨大的断裂和悲伤，但并不意味着缺乏自我意识。失去语言，我成了什么？我在这些泛黄的日记本里问自己。失去语言的我就像一块石头。我不知道我为什么会这么想，可这似乎是个描述那种感觉的不错的比喻，因为失去语言的我会在丑陋而漫长的失水过程中枯萎，就像冬日里我们宿舍后面的花园一样。

我在青年村待了一段时间，随后加入了军队，那段岁月是一段很难熬的岁月。的确，有些年轻人通过做农活找到了自我，相当一部分人为自己在正规军中争取了一席之地，可他们当中大多数人都加入了普通劳动大军的队伍，分散在各地。我们越来越少见面。失去语言的人不会说话。我深爱的母语在我到达以色列两年后从我的生命里消失了。我试图用不同的方法找回我的母语。我阅读，甚至重复单词和句子，可尽管我如此努力，我依然很快失去了我的母语。

从我到达以色列的那一刻起，我讨厌那些强迫我说希伯来语的人。当我渐渐失去我的母语之后，我对他们的敌意有增无减。当然，这种敌意并没有改变整个状况，可是它的确表明了我的立场。显然，我既不在此处也不在别处。曾经属于我的——我的父母、我的家和我的母语——如今已经永远不属于我了，而那种看似将成为我母语的语言不过是继母般的存在。

让我明确一点：我们很快地学会了基本的希伯来语，到了第一年年末，我们甚至可以阅读希伯来文的报纸。然而，学习的过程中乐趣很少。在整个过程，我就像困在漫长的军事任期里，任期持续好几年而我必须尽快学会士兵的语言，但任期末期（相当于战争末期），我会重新说回我的母语。当然，这儿有一个进退两难的局面：我的母语是德语——那是杀害我母亲的人所说的语言。我怎么可以说一口沾满了犹太人的血的语言呢？这个困境，尽管性质严重，但并没有否认我的德语并不是那些德国人的语言，而是我母亲的语言。显然，如果我见到我的母亲，我会用我从小就说的语言跟她说话。

在军队里的岁月充满了孤独和疏远感。在以色列，我没有家。我昼夜不分地在兹瑞芬、贝特里德、哈泽林站岗放哨，更添疏离感。因为没有别处可去，我只好躲进自己的日记里。日记里记录的全是那段岁月里我对父母以及失去的家园的渴望。奇怪的是，在军队里，而不是其他地方，我刚开始的口吃竟然有了简短诗的影子。我说"诗"，但实际上它们更像被遗弃的动物时而发出的、单调乏味的哀嚎。想法、感觉和映像一直在我内心翻腾，然而，没有语言，所有的一切都化为一声呜咽。

在军队里，我开始读希伯来文学，或者，更准确地说，我试图读希伯来文学。希伯来文学就像一道我无法攀登的山墙。20世纪50年代初，流行S伊扎尔和摩西·夏米尔的作品。每一页纸对我来说都是一道难关，然而，我还是贪婪地读着，仿佛试图让自己熟悉那个自己被卷入进去的奇怪国度。与此同时，我在与我有着类似命运的年轻的角色当中寻找自我和身份认同感。可我从这些书中读到的是一个奇怪的世界，那个奇怪的世界里居住着囿于己见的年轻人以及在开阔田野里的士兵或军官。虽然我原先的生活缺乏组织，亦毫无尊严可言，可它也缺乏孩童般的天真无邪，不是理想化的生活。我又重读了一次，可我读得越多，越明白即便我完成不可能完成的任务，这个美好诚实的工作生活、战争和爱也不可能是属于我的。

还有另一件事，实际上，是同一件事：在那段时间里，我身边的人似乎说大话、喊口号。我从小就讨厌浮夸，更喜欢能调动嗅觉和听觉的、朴实安静的文字。同样，这也是一个无法调和的矛盾。

很快，我就明白我需要重新与希伯来语建立联系，建立一种内部的联系而非外部的联系。在这方面，如同其他方面一样，人们给予我帮助。没有他们的帮助，我能否离开我所在的牢笼仍是未知之数。第一个帮助我同时也是给予我最多帮助的是多夫·萨丹，接着是莱布·罗伊彻曼。我跟多夫·萨丹学习意第绪语。意第绪语是我外祖父母的语言。在战争中以及在我接下来的流浪中，我提高了我的意第绪语词汇量，可我从来没有真正掌握这门语言。对萨丹来说，意第绪语和希伯来语像孪生姐妹一样不分彼此、相辅相成。在他的课上，我们说希伯来语，可我们读的书却是意第绪语。在萨丹的身上，我学会了在那段岁月里不常谈及的东西：大多数的希伯来语作家都是掌握双语的，他们同时用两种语言进行写作。对我来说，这是一个极为震惊的发现。这意味着"此处"和"他处"并不是如口号所示彼此分割的。我们阅读孟德勒·默彻尔·萨法瑞姆两种语言的作品，读比亚历克、斯坦伯格和阿格农的作品。他们的希伯来语作品描写的是我熟悉的地方，是我记得的风景，是那些已经被我忘却的、我外祖父的祷告中的旋律。在我在青年村和军队待过的那段岁月里，我接触到的希伯来文是一门独立语言，与我之前的语言或人生经历无关。

多夫·萨丹在我们面前展开另一张犹太地图。地图上希伯来文和意第绪文、整个民族的艺术和个人的艺术共存。在萨丹包罗万象的愿景中，没有单一的犹太性，也没有语言的或艺术的犹太性。他把当代犹太生活视为仿佛经过如卡巴拉教派所说的灾难性的分裂。他认为那时，如现在一样，许多犹太人的生活自那次分裂后支离破碎，我们的职责是把他们重新联系在一起，把埋藏在他们内心的圣光都吸引出来，使他们团结在一起。他意识到过去两百年里重大的犹太运动——哈西德运动，哈西德立陶宛反对派、犹太启蒙运动以及犹太复国运动——不再能够独立地存在，必须从中创建一个新的犹太民族。那时候，这种多元化听起来很奇怪。理论家们无法忍受多元化，在他们的世界里，世事万物非黑即白：移民社区和本地人，商业和劳动，集体生活和私人生活。在这一切的上空回荡着一句熟悉的口号："忘了那些移民社区，立足当下！"

可我能怎么办？我的内心深处拒绝抹去我的过去，拒绝在过去的废墟上建立新的生活。人为了建立新生活而毁灭过去的想法，那时在我看来，是完全错误的，可我不敢言明我的想法，甚至不敢在心里这么想。相反，我责怪自己居然拥有移民社区的心态、资产阶级的人生观，当然，以及无望的自尊自大。在这一方面，萨丹对我来说是一位真正的引路人。他完全了解我的来历以及我内心盲目承受的遗产，他也猜测这会形成我未来生活的基石和积木。

莱布·罗伊彻曼是一名意第绪语作家，我渐渐与他变得亲近起来。在他的家里，我听到了另一种意第绪语。我们一小群人常常会聚在一起，他会大声地朗读意第绪语诗歌和散文。也正是在他的家里，我第一次听说了 M.L. 霍尔珀林、亚阿科夫·格拉特施泰因以及瑞秋·兹彻林斯基。他静静地朗读，一点儿也不夸张做作，仿佛他正向我们灌输这些文字。

罗伊彻曼在一个信仰哈西德派的家庭里长大，并在普鲁索夫的拉比家里接受教育。与他同时代的其他成员不同，他忠于自己的哈西德派信仰。他的词汇和表达完全是哈西德派的作风，虽然他的生活方式并非如此。每周一次，我会和他坐在一起阅读哈西德派的经典，例如里库坦·马哈兰。这些书是用希伯来语写的，但并不是用现代的希伯来口语写的——当然不是我从青年运动中学来的希伯来语。"工作"意味着信仰上帝，"天意"指的是上帝的旨意，"安全"并不是保护小村庄，而是坚持信仰上帝。不仅这些词汇有不同的意思，而且句子也是。仿佛它们是被赋予了不同的音调，夹杂着意第绪语和希伯来语，偶尔还冒出几句斯拉夫语。

虽然意第绪文学和哈西德文学完全不同于以色列当时正在发生的一切，对我而言，我生活中的这两个方面相互兼容，和谐相处，一如在我那失去的家园里一样。然而，我感觉到了一些东西，一些直到后来我才更加深入理解的东西：文学，若是纯粹，便是我们丢失的信仰的旋律。文学涵盖了信仰的所有要素：严肃、内在性、旋律、与内心深处的联系。显然，这一概念与在社会主义报纸中不断报道的、无处不在的社会现实主义相差甚远。事实上，那时甚至连我自己都不知道我从我的两位老师身上学到的是什么，或者说随着时间的推移，这些学习会将我引领何处。

翻开我的日记，20世纪40年代末和50年代初之间有一个清晰的界限。当我书写关于我父母的家时，大多数的文字都是德语或意第绪语；而当我提及我在以色列的生活时，我是用希伯来文字纪录的。直到50年代中期，我才能够开始用希伯来语句子连续通顺地表达自己。运用希伯来语，对和我一起来以色列的朋友来说，是件更加简单的事情，因为他们切割了自己与过去记忆之间的联系，并为自己建立了一种完全属于"此处"的语言，一种仅仅属于"此处"的语言。从这个角度来说,他们是那个时代忠实的产物。正如俗话所说的,我们来以色列"建立及重建"。我们当中的大多数人把这句话解读为记忆的消亡,完全的个人转变以及对这片狭窄土地的完全认同感。换言之,我们来以色列"过正常的生活"——这个术语是以往使用的。

我的日记断断续续、词汇匮乏,然而,与此同时,我的日记内容充足,仿佛要爆炸。它所缺乏的是渴望、愧疚以及观察后的简述或对性的渴望。除此之外,还有不顾一切地尝试把珍贵的童年记忆和新的生活联系在一起。这是无休无止的挣扎,挣扎的原因广泛,包括:我的教育停留在了一年级;我孱弱的身体和低下的自尊;要求自己忘记却不愿意忘记的记忆;思想上的自满使我成为一个我不愿意成为的、视野狭隘的人。换一个角度看,这种挣扎也是为了保护我的内心,让我不会成为别人所要求的、而我并不愿意也无法变成那种人。然而,最重要的是,我奋力学习那门语言而且把它当作自己的母语。在我很小的时候,在我知道命运将把我推往文学的道路之前,本能轻声对我说,如果我没有深入了解语言,那么我的生活将会变得肤浅和贫穷。

那时,我对语言的态度完全是功利性的:"增加词汇量就能掌握一门语言!"这种方法试图把你从自己的世界中连根拔起,并将你移植到一个你几乎无法理解的世界。不可否认,从整体上来说,这种方法成功了,可是,天啊,是以什么样的代价——已经根除消失的记忆以及变得肤浅的灵魂。

第十九章

从1946年至1948年，我参加了阿里亚特·汉诺阿青年运动。在1948年和1950年之间，我在瑞秋·亚娜伊特创建的农业学校做学徒。那所学校坐落在耶路撒冷郊外的艾因凯雷姆村里。在那之后，我加入了坐落在耶斯列谷的拿哈拉的汉娜·迈策尔农业学校。整整四年，我与土地很亲近，而且我当时确定自己命中注定要成为一个农民。我热爱土地，尤其热爱我所照料的树木。那段岁月里，我的日子过得简单规律：日出而起，六点至八点进行高强度的工作，饱餐一顿美味的早餐，接着又是长时间的工作。我喜欢在炎热夏日的午后打盹儿。在那段岁月里，我确实已经有些麻木了。战争像一块石头似的压在我的心里，我越发亲近土地，亲近希伯来语，以及那些我贪婪地阅读的书本。为了更加真实地还原那段遥远的岁月，我将直接引用我日记本的一些段落（除了修改一些小的语法和拼写错误）。

1946 年 12 月 30 日

今天,我学会了修枝的技巧。有时候,我觉得我并不是来这儿生活,而是在这儿出生。我喜欢土地和树木,非常喜欢,这种喜欢由来已久。如果可以将那段战争岁月完全从我的灵魂里抹除,我会更加容易融入土地中——我们之间将没有障碍。

1947 年 1 月 17 日

今天有军事征集,我被分配到菜园。这项工作需要许多人做。一年生植物让我感到绝望。你刚把它们种下,几乎马上就又要把它们拉起来。在果园里,你连续好几年照顾果树:你为它们的成长感到高兴、为它们每一季度的新生感到高兴。"因为人就像田野里的一棵树,"我在《圣经》中读到。只有种植过植物的人才能理解这一点。

一条没有日期的记录

今天,我摘了圣罗莎李子,幸亏只有我一个人摘。和许多人一起工作让我感到迷惑。更糟糕的是,我没有任何感觉,也无法思考。只有当我真的一个人的时候,我才能与土地建立联系,内心才能坚强起来。

同一页纸上没有日期的记录

早上休息的时候,导师 M. 随口问我战乱的时候我身在何处。这个问题让我大吃一惊。我目瞪口呆地站在那里。"好多地方。"我缓过神来说道，并找个借口转移话题。不知为什么，M.抓着那个问题不放，我觉得自己掉入了陷阱，无处可逃。我一言不发，心急如焚，脑子一片空白。我不知道该如何回答，所以我重复说道："去了好多地方。"

1947 年 8 月 13 日

每天晚上，我告诉自己：忘了吧，忘得多一些，再多一些。忘得越多，我就越容易融入土地中，融入语言中。在这个过程中，有许多的障碍。昨天晚上，我和导师 S 进行了一次漫长的谈话。我们说德语。我已经好些年没有说德语了，可我还是说得很流利。想让一个人完全忘记他的母语似乎是不可能的。

我做了一个这样的梦：母亲、父亲和我在普鲁士河的河岸边戏水。两艘长长的驳船在我们面前经过。母亲和父亲十分年轻，看起来不像是已经为人父母的样子，反倒是更像高中生。有那么一刹那，我对他们的转变感到惊奇。母亲抱了抱我说道："这是化装舞会，很快，一切都会变成原来的样子。"

早晨的床号声粉碎了我的美梦。

1947 年 8 月 20 日

昨晚，饭厅里有一场演讲。一个穿着蓝色衬衫的中年男子谈论了犹太人的"弱点"，表扬了游击队员和非法进入以色列的人并谴责了那些黑市商人在特拉维夫—雅法进行买卖。"我们必须改变！"他敦促我们，"我们必须变成农民和斗士。"虽然我赞同他的话，可他让我感到困惑。他看上去是那种会毫不犹豫使用身体暴力的人。希望我的想法是错的。

在梦里，我依然在路上，一路被追赶，然后掉进深坑里。昨晚，其中一个追赶我的人抓住了我的脚踝，把我拉进一个深坑里。我掉了进去。醒来时发现自己并没有受伤，这让我松了一口气。

我天真地以为我已经把过去的生活忘记了，留在我心里的不过是过去的最后一点落影残踪。白天大多数时候，我会在外面的苗圃里耕犁、耙地、除草或嫁接。这种生活对我来说是如此真实、如此正确，其余的一切东西在我看来不过是表面的或无关紧要的。在那段岁月里，我的心里还有另一种感觉，那种感觉植根在我的心里，是在我外祖父的家里生活的感觉，有时候是在我独居在森林里的感觉——这种感觉有点像一种虔诚的感性。

我来自一个被同化了的家庭，家里丝毫没有宗教信仰的痕迹。家里十分平静安详，家人体贴周到。我们所有人都体贴地对待彼此——一切都是基于理性。正规的宗教被认为缺乏真正的情感；被视为庸俗及欠缺考虑的。显然，这种想法更多的是由于时代精神，而非源于个人经历，因为我母亲的母亲隐瞒她的宗教信仰，并没有展示出明显的情感，而我的外祖父很爱母亲，可我从未听过他对母亲说教或者试图强迫她，虽然他知道我们在城市过的生活一点儿也不符合犹太教规。我知道——或者，更准确地说，我经常觉得——我的母亲内心深处埋藏着对祖先的信仰，尽管她从未把这种感情表达出来。此外，在家里，我们小心翼翼地避开那些可能会表达信仰的词语。这些关于信仰的表达被称为魔术，或者骗人的把戏。

我喜欢外祖父外祖母居住的村子，喜欢他们宽敞的木房子，喜欢种在房子旁的那棵金合欢树，喜欢果园、花园里成排的蔬菜，甚至房子外那个木制的小房子，那个被常春藤覆盖的厕所。所有的一切都散发出神秘的色彩。上帝只居住在乡村里，这种感觉一点儿也不让我感到意外。在村子里，我会和外祖父一起走去犹太教堂，聆听祷告并盯着装着训示书卷轴的约柜上的木制的狮子。上帝出现在村子里每一个阴暗的角落，出现在金合欢树的重枝下。有时候，我心里很惊讶，父亲和母亲居然没有看到我和外祖父所看到的东西。

后来，当我逃离了集中营，住在森林里的时候，我又感受到了这种神秘的感觉。我确信上帝会来拯救我，会把我带回父母的身边。说实话，在战争的过程中，我的内心常常将我的父母和上帝混为一谈，他们融为一体，旁边还有天使相伴，就如天籁唱诗班般的存在。这个唱诗班本该前来将我从这悲惨的生活中拯救出来。

战争末期，这些幻想都消失了，我发现自己挤在一堆难民当中。战争时期，大多数时候，我都是一个人，没有和其他人说过话。支撑我的是幻想和幻觉。有时候，我会让自己沉溺在幻想当中，忘了自己身处险境。

青年运动的那段日子对我来说很艰难，其中一个原因是我的身边突然出现了许多同龄的孩子，因而我不得不说话。事实上，那些孩子的存在以及必须说话这一现实都让我感到无比痛苦，我不止一次打算逃跑。我的日记本中，1946年至1950年间记录的都是我对那段在山林之间独自生活的渴望，以及对不需要说话的沉默生活的渴望。

那段在森林里和农民一起生活的岁月让我变得沉默和警惕。如果我是在家里长大，那么我想我能够正常地说话。我的父母并不健谈，可家里有对话的氛围。我的父母对语言很敏感，我常常听到他们谈论某个单词或短语的意思。在战争中，我不得不掩饰自己的身份，我最常运用的法则就是沉默。战后，当人们发现没有声音从我的嘴里发出来，他们以为我是哑巴。那时候，我真的几乎成了哑巴。

1946年至1950年是健谈的岁月；当生活充满了意识形态时，文字和陈词滥调无处不在。每个人都在说话。有时候，我觉得所有人都去学校学习说教了——只有我没有到那里学习。人们不仅在家里、在街上、在会议中喋喋不休，甚至连那个时期的文学也是充满拖沓冗长、废话连篇。文学作品中洋溢着华丽的词藻，仿佛如果身边没有字典，就无法进行阅读，就如S伊扎尔和摩西·夏米尔等人的作品一样。我的日记本里全是对这些成堆的词语和描述的敬仰之情；我明白我永远也不能够正确地写字。

那些觉得说话是一件很困难的事的人需要一本日记本。当我翻开我的日记，我发现里面充满了没有完成的句子和对用词准确的偏执。比起文字本身，文字之间的空白更加雄辩有力。不管怎么说，我的日记本里记录的并非是行文流畅的文章，而是顾虑重重的表达。我指出这一点，并非是为自己找借口，而是明白自己成熟的过程。

早期，我的写作更多的是隐瞒，而非表达；我的早期的写作不过是我的日记的延续，是我说话方式某个方面的体现，它表达了永远萦绕在我心头的恐惧,恐惧我那在战后多年依然改不了的说话方式会使我露出马脚,暴露了自己的身份。我尝试提高写作流畅度,然而所有的努力都是白费心机。我的写作就像是踮起脚尖走路——戒心重、犹豫不决。

20世纪50年代,我很少写作,而且即便写了,也会被我毫不留情地删除。我把用词少的风格视为黄金准则。那段日子里,我的书里都是对风景和人物的描述。"他在一张巨大的帆布上作画。"人们会认可说道。人们视巨大的东西为史诗般的存在。我从编辑那里得到的第一封拒绝信简单地说:"你必须丰富你的内容,你必须扩充,大的框架还没有出来。"毫无疑问,那时候,我的写作不无瑕疵,可是,不足之处并非如那些编辑所说的那样。

20世纪50年代后期,我放弃了成为以色列作家的梦想,并竭尽所能成为真正的自己:一个流亡者、一个难民、一个在孩童时期经历过战乱的人,一个觉得交谈很难并试图尽可能少地说话的人。这些努力最终使我完成了第一本书《硝烟》,该书在1962年出版。

在我找到出版商之前,许多编辑曾经翻阅过我的手稿。每位编辑找到的瑕疵都不一样。有一位编辑说你不应该虚构一些关于大屠杀的事情;与此相反,另一位编辑却说你不应该描述受害者的软弱,而是应该强调英雄主义,强调犹太人隔离区的崛起以及游击队员。有些编辑声称我的写作风格本身是有瑕疵的,不够"规范",粗制滥造。不知为何,他们所有人都想要修正——要么增添一些东西,要么减少一些东西。这些编辑忽视了这本书的优点和它的真实性。因此,我也无法看到这些特质;而且,我确信他们所说的一切都是真的。奇怪的是，我们很容易接受批评。自我的批评或许是具有毁灭性的，然而，这世上再也没有比他人的批评更具有毁灭性。我花了好些年才把自己从这批评的牢笼里解放出来，才明白我，也只有我，才能最好地控制我前行的方向。

然而，《硝烟》受到好评。评论家们的评论如下："阿佩尔菲尔德描写的不是大屠杀，而是大屠杀中被忽视的地方。他并非多愁善感，而是克制内敛。"那是一种赞美，我很高兴听到这种赞美。然而，即便在那时，我就被标签为"大屠杀作家"。没有比这更让人生气的事情了。一个作家，真正的作家，是发自内心地进行创作，他创作的内容主要是关于自己的事情，如果他所述说的东西有任何的意义的话，那是因为他忠于自己——忠于自己的声音和自己的节奏。主题、创作的题材——所有的这些都是作品的副产品，并非作品的灵魂。战争爆发的时候，我是一个孩子。这个孩子长大了，曾经发生在他身上和心里的一切延续到了他的成年时期：失去家园、失去母语、怀疑、恐惧、不敢说话、独在异乡的疏离感。我就是在这些的基础上构思了我的小说。只有正确的文字才能构建文学作品，创作的主题并不能构建文学作品。

我没有假装充当信使、战争的记录者或万事通。我十分依恋我曾经居住过的地方，我写关于它们的文字。我不觉得我写的是过去。过去干净纯粹，无非是文学创作的好的原材料。文学是不朽的当下——并不是新闻工作者眼中的当下，而是试图把时间带入不断进行的当下。

第二十章

十八岁的时候，我依然无法正确地写作。在阿富拉的军队征兵中心里，医务委员会在一个房间里给报名参军的人体检。我半裸着站在一个房间的门边填写一张表格，工作人员改正了我的两个拼写错误。这种事情发生过不止一次了。每当别人改正我的拼写错误时，我的心里会有点儿受伤。我觉得我永远也学不会如何写字，永远会有人在我写的字中发现拼写错误。

那时，我被要求脱掉内衣。我站在三位医生的面前，他们盯着我看。他们和我家乡里的医生不同。其中一位医生朝我走近，检查我的脉搏和血压，然后让我走上体重秤上并让我把我的眼镜给他。另外两位医生也检查了我的眼镜和两块厚厚的镜片。

我站在那里，他们小声地商量着。我觉得他们在评论我骨瘦如柴、视力不佳以及驼背。虽然他们说话的声音很小，可我觉得他们想让我听到他们说话的内容。

"你的病史如何?"他们问道。

"得过斑疹伤寒。"我马上回答道。

任何在集中营里待过的人都曾感染过斑疹伤寒。这也是濒临死亡的标志。孩子只能熬几天,然后蜷缩起来慢慢死掉。

"你的出生地址和日期是什么?"总是会被问到这个问题。

"切尔诺夫策。1932年。"

"你父母的名字是?"

"我母亲叫波尼亚,我父亲叫迈克尔。"

"念过小学?"

"念过一年级。"

"念过中学?"

"没念过。"

这些经常被问到的问题现在似乎变得越发重要起来,仿佛它们第一次披露了某些东西。

医生们再次认真地望着我,其中一位医生问道:"你是什么时候来的以色列?"

"1946年。"

"在这期间,你都干了什么?"

"在阿里亚特·汉诺阿青年运动组织待了两年,在果园里做了两年的学徒。"

"你想参军吗?"

"想。"

不知为何,我的这个回答让三名医生都咯咯地笑。

"穿上衣服吧。"他们命令我。

没有穿衣服,还被问了这些问题,我感到很拘束。我觉得我身体的严重缺陷和我的心思都被发现了,我觉得我马上就会被告知我无法参军。我知道他们在告知我的时候肯定会严厉地数落我一番。

我再次望向他们。他们在商量。我一点儿也不理解他们所说的话。一想到他们正秘密地谈论我,我就更加焦虑。

"你有没有兄弟姐妹?"

"没有。"

有一刹那,我觉得他们正在试图解决一个难题。那个难题就是我。他们只缺一些细节,很快,他们就会把我从头到脚数落一番。

我打算说:"我很健康。我视力不佳,但这并不影响我阅读。加入战斗部队对我有着重要的意义。加入战斗部队会消除我所承受的伤害和侮辱。我确定我能够应付得了分配给我的任务。给我一个机会证明我自己。"当我陷入在自己的思绪之中时,那位检查我身体的医生从文案中抬起头来宣布"适合参军"。仿佛他终于解决了难题。

适合参军,可并不适合战斗。

在体检前的几个月里,我努力使自己强壮起来,或者,更加准确地说,看起来强壮些。我跑步、我锻炼、我爬山、我举重。或许正因为这些,我的体重反而下降了。他们询问我是否正常进餐并不无道理。我锻炼是因为我想加入战斗部队。有一天,我会成为一名站在其他士兵身边的普通士兵或者甚至是一名军官,这种想法占据了我的思绪。我觉得军队组织——训练和实战——不仅会改变我的身体,而且会改变我的性格。给我带来痛苦的敏感会消失,我会变得高大结实。

我会看起来像个士兵。

如今,这个美梦已经破灭了。军队的确收留了我,但条件是:适合参军。"适合参军"的意思实际上是指算半个士兵,或四分之一个士兵——为那些积极作战的士兵服务、为他们提供军服、为他们准备饭菜,却从来不是他们当中的一员。

我们全都站在外面,在太阳底下等候会带我们去营房进行基本训练的货车。非战斗人员集中在一个角落里,战斗人员站在一棵桉树旁。不得不承认,两者之间的差距是很明显的。战斗人员长得更加高大英俊、更加自信,他们声音粗犷,身材更加健硕、头发更加浓密。非战斗人员从他们的言谈举止中暴露了自己,他们举止懒散松懈。除此之外,他们的眼睛也暴露了他们:他们的眼睛里没有光,没有坚毅的目光,而是呆滞。显然,非战斗人员天生就没有建立丰功伟绩的才能;他们打算在后方基地里待着,为那些注定要建立丰功伟绩的士兵服务。我非常遗憾命运没有为我安排更好的结果。从此之后,界限很清楚:我们当中有的人会建立丰功伟绩,有的人会完成琐碎小事。我很快就发现那些和我一起当兵的人彼此互相认识。他们中大多数人都是来自阿福拉的当地人,曾经一起念过小学和中学。我是唯一一个异乡人、外来人,我的身上留有另一个陌生国度的印记,我说的是另一种语言,我拥有我无法言明的经历。

一个士兵走到我的跟前。"你叫什么名字?"他问道。

我告诉了他我的名字。

"你在哪里上的学?"

"我没有上过学。"

"你在开玩笑吧。"

那个年轻的小伙子用一种夹杂着同情和嘲讽的目光望着我。我知道我走到了一个十字路口,可我并没有能力改变任何事情。孱弱的身子和受教育程度不高让我无路可走。在军队里,这两者决定了一切。有一段时间,我试图申请加入不同的培训项目,然而,我并没有申请成功。所有的大门都朝我紧闭。

在征兵中心,我遇到了S。他也是一名新兵,然而,他的经历与我完全不同。战乱之时,他与他的父母藏在了比利时的一个村庄里。在那漫长的战争岁月里,他的父母已经把高中的所有知识甚至更多的知识全都传授了给他。他的父亲是一位著名的语言学家,他的母亲是一名科学家。对S来说,战争岁月是高强度学习的岁月。除了法语,他还会说德语和英语,显然,他还会说其他语言。他的外表看上去就是个多才多艺、勤奋好学的人。他的身材高大、看起来很孱弱,长长的手指让他整个人散发出某种文质彬彬文弱书生的气质。他用我的母语德语和我交谈。他所用的短语很优雅,用词也很广泛。我并不能完全理解他的意思。他说话的方式和我家人说话的方式一样,可战争让我失去了一切,甚至连我认识的词汇也被遗忘了。

整个基础训练的过程中,我都和S在一起。我从他的身上第一次听说了诸如卡夫卡、萨特和加缪等人的名字,也第一次听说了诸如"密集的""戏剧性的"以及"不可或缺的"等词语。他总是谈论名人、名胜古迹以及书籍。

"整个战争时期你都在学习吗?"我忍不住问了他。

"都在学习和考试。"

"谁让你考试?"

"我的父亲。"

S 是个讨人喜欢的家伙,可同时,他的身上有种让人感到害怕的东西,仿佛他是一种完全不同的种族。基本训练对他来说也不容易,可他总是作出一些嘲讽的反应和一些讽刺的评论,不把长官的大喊大叫放在心上。虽然他的父母并没有给他一个强壮的体魄,可是他们教给他丰富的词语,这些词语在他搬运迫击炮和弹药的时候,护他周全、助他一臂之力。他的讽刺和轻蔑虽然并不是对我,可还是伤害了我。

我嫉妒 S 会说我在家乡学会的那几门语言,现在,没有一门语言是我还能够说得流畅的。我记得我读过的书是儒勒·凡尔纳的作品,然而,说实话,这些书我也已经忘光了。

在基础训练的过程中,我没有认识朋友,S 是我唯一交谈的人。显然,战争并没有在他身上留下痕迹,反而拓宽了他的知识面。他学习并吸收了他所学习的东西。他总是在对话中夹杂着法语或英语单词。若不是爆发战争,我可能会像 S 一样知识渊博。然而,战乱的时候,我在犹太人隔离区,在集中营里、在乌克兰大草原上。即便我穷尽余生学习,我也永远不能够如 S 般博学。

"整个战争时期,你真的一直在躲藏吗?"我说道,声音里充满了嫉妒。

"没错。"

"你一直没有离开过那个躲藏之地?"

"晚上,我们会到楼上的客厅里。"

"你们有食物?"

"很多。"

毫无疑问：S会幸免于任何战乱。他孱弱的身体散发出自信的魅力，自信非凡，并且讽刺那个把他置身于此种环境中的军队。基础训练结束后，他从我们当中被选拔出来，分配到了其中一个秘密部队中。从那时起，我们再也没见过面。听说他在服完兵役后，和他的父母一起起航前往美国。还有谣言称他回到了比利时，并在那里的一所大学教书。

第二十一章

1950年至1952年间,即我参军的时期,我的日记本几乎是空白的。在那段时间里,如日记本所示,我并没有一个属于自己的角落。在军队里,尤其是在漫长的等待中,我会阅读任何在手边的东西。我说"阅读",但更准确地说,我是说我在贪婪地阅读——不加选择地阅读,仿佛我正试图补上我错过的一切的知识。这是不争的事实:我的教育程度不高,这让我很难受。

然而,我并不是从书本里获得知识和理解能力,而是从生活本身。我置身于严格僵硬的军队中:早晚检阅、规定我们仪容仪表、规定如何整理床铺以及如何清理和保养我们的步枪。我在隔离区和集中营里受过苦,可军队里的苦不一样:那不是一种饥渴之苦,而是一种情绪压力。在军队里,我像一只动物,试图让自己尽可能渺小、试图掩饰自己、试图偷偷溜走或消失。我感受到了一种隐秘的愉悦,就像在深渊边缘踮着脚尖走却没有掉进深渊里的愉悦。这种隐秘的愉悦是弱者的胜利。

我现在十八岁，有点笨手笨脚。不知怎么的，那件让我感到骄傲的军服现在已经无法让我感到骄傲了。相反，我觉得自己被困住了、被限制住了。在20世纪50年代初，军队严格而僵化。在进行了多年的地下活动后，这支军队想要和其他军队一样，成为正规的军事力量。和所有的变革一样，这支军队走上了极端。纪律带来了耻辱和恣意妄为。我受到约束和胁迫，为了克服困境，我采用了我自小熟悉的一种花招：近距离观察。

观察有几个值得注意的地方：观察的时候，要在外面观察，要稍稍处于高处远远地观察。从这个角度，你会明白那个冲着你大喊大叫的人或许实际上是冲着他的父亲或母亲大喊大叫。你可能碰巧挡住他的路。然而，一个不大喊大叫的人有时候可能比大喊大叫的人还要糟糕。为了讨好他的上司，他把我们拉出去夜行军并命令我们挖方孔——这一切都是为了向他的上司证明他的连并没有游手好闲。奉承的人往往卑躬屈膝。让我感到惊讶的是，我发现他们有特定的特征：在军队中，他们往往体重超重，而且，尽管他们年纪轻轻，但他们的肚子上已经长了一圈肉。通过观察，你可以摆脱一些悲伤和自怜。观察得越多，越不会感到难受。

当我还是个孩子的时候，我就喜欢观察。我会连续好几个小时坐在双层玻璃窗旁望着飘雪。夏日，我会坐在花园里，看看花儿，望着宠物在院子里伸懒腰。观察总是能给我带来快乐——一种我与我所看到的一切融合在一起的快乐。后来，在我六七岁的时候，我才开始注意形式和细节。比如，我注意到我们邻居家的猫戴着一条粉色的缎带，而我们的邻居本人——她的身材不高大但丰腴——穿了一条低领的长裙，头发上戴了一个和她的猫的脖子上的缎带相似的发带。她尚未成婚，可她有情人。她的情人是罗马尼亚军队的军官，那位军官每天晚上都会来找她。他的军鞋上有马刺，这意味着他是属于骑兵部队。

我们家是一栋两层的房子。我们的主卧与她的主卧相邻，我们的浴室和她的浴室相邻。大多数时候，她都待在浴室里，在镜子前精心打扮自己和给自己喷香水，为晚上迎接她的情人做准备。当她走出前门的时候，她的身上穿着玫瑰粉的礼服，头发上绑着一条发带，身上散发出难闻的浓郁香水的味道。母亲受不了她，可我却喜欢看着她。她像一个女演员似的，几乎每隔一小时就换一套衣服，可她最为华丽的衣服是留在晚上穿的。她像一种动物，可我不太确定是哪种动物。她的情人走路的样子像一匹种马，当他走上台阶的时候，尽管不太可能，可我还是仿佛觉得能听到一声马嘶声。

我们的邻居和她的情人是我记忆中最为清晰的印象之一：她的温柔、那些睡椅和放了许多垫子的沙发、厚重的地毯、固定在陶瓷茶碟上的蜡烛，挂着天使油画的那道墙。与此相反，我们家看上去阴郁简朴，缺少装饰。墙上几乎空荡荡的，只挂着一些素描画。那是母亲在深思熟虑后买来的。

这就是我们生活的方式——我们比邻而居。我们知道她的日常行程，她也知道我们的。有时候，她会问我是否感到无聊。"我从来不会感到无聊。"我会诚实地回答，而她看上去一点儿也不惊讶。当我们被赶出家门送往隔离区时，她抱着她的猫站在家门口盯着我们看，仿佛不是他们把我们送往死亡，而是我们不知怎么地举止发狂。

接下来便是在隔离区挨饿的日子。那时，我已经失去了母亲，只剩下父亲。我的父亲大多数时候都像个奴隶供人驱使。我们的邻居药剂师斯坦因和会计费恩戈尔德不知道为什么并没有被召去劳役，当分配食物的时候，他们总是争着冲到最前面。这些值得尊敬的人已经变得判若两人。父亲对他们很生气，我则会默默地站着凝视着他们。那段在隔离区的岁月确实改变了他们。他们的瘦脸变得更加宽大，他们的脸颊上莫名地泛着红晕。他们变成了隔离区动物，无所畏惧。按照席勒的标准，父亲的性情多愁善感。如果他不喜欢某种东西，他会谴责或摆脱它。父亲讨厌丑陋的东西，讨厌反常的东西，讨厌邪恶的东西。他认为仅仅观察这些东西就是默许这些东西，就是支持这些东西或者甚至能从中获得乐趣。对他来说，沉思并不代表采取坚定的立场。判断一个人就看他的行动，而不是他的想法；这是父亲的立身之本。他不愿意平静地接受现实。他总是想纠正或至少改善事物。

我喜欢凝望的性情一定是随了我的母亲。我的母亲喜欢观察。我常常看到她站在窗边陷入沉思。很难知道她是在凝望那片可以从我们窗户里望见的风景还是在聆听来自她灵魂深处的声音。我从未见过她仔细观察他人。她会对人的外貌和姿势加以区别，这些区别常常是非常微妙的，可她从来不会直勾勾地盯着别人。她认为盯着别人会令人反感，是侵犯他人隐私的行为。

在隔离区挨饿的时候，我还是个孩子，当我一个人的时候，我会连续几个小时坐在废弃建筑的台阶上或水坑旁，或和老人一起坐在城镇广场里望着三角形的阳台，望着一个老人突然挥动手杖打狗，或望着一个独自坐着玩牌的女人。观察总是给我带来一种沉浸在自己的世界中的愉悦感。一个小时的观察并不能给人带来新想法。然而，它能让人感到生活中充满了颜色、声音和韵律。有时候，一个小时的凝视会让人有无限的感受，这种感受会持续好些天。真正的观察犹如音乐，缺乏实质的内容。

在隔离区的时候，我八岁。那时，我没怎么想事情。即便想事情，也是想那些当前迫切需要的东西。我会连续几个小时坐着观察。景色在我眼前掠过，让我感到无限的快乐。晚上，我白天之所见会如庞然大物般若隐若现，让人感到害怕。在隔离区最后的时光里，有一天，我坐在城镇广场注视着一群在太阳底下晒太阳的老人。突然，其中一个老人站了起来，朝我走来，并扇了我一个耳光。我被吓呆了，一动不动。他见我没有反应，又扇了我一个耳光并大声叫道："我让你盯着别人看。"

这意料之外的耳光促进了我的意识萌芽。现在我明白了：观察不仅仅是我和我自己之间的事情；而且会影响其他人，甚至可能会伤害到其他人。"我让你盯着别人看。"这句话在我的脑海里回响，仿佛我在偷窃或骗人的时候被抓了个现行。直到那时，我还没有意识到自己偷偷地热爱着观察。

这种强烈的渴望并没有因被别人扇耳光而终止。可自此之后，我就无法自然地观察了。我无法站在某个东西的旁边注视它，吸收它——有时候连续好几个小时。从那时起，我必须紧紧抓住观察的机会，必须偷偷地观察。为了克服我的恐惧，我采取了另一种手段：我开始偷听。可当你偷听的时候，你只能想象说话人的脸，想象他是身材高或是身材矮小，是讨人喜欢还是惹人厌。在那之前，观察是我快乐的源泉之一，如今，这种快乐和罪恶感交织在一起。

我想起了在军队里的日子。那段日子对我来说很难熬。我已经在以色列四年了，可一切仍然是混乱不堪。我的母语正慢慢退化，而我正在努力学习的希伯来语却依然谈不上熟练掌握。然而，更让人难受的是，我没有归属感：在一个四季如夏的国度里，被困在长长的营房里进行基本训练——我是谁？我是什么？虽然和我一起入伍的人中，有一些也是新移民，可他们似乎更加积极参与，更重要的是，他们比我更强壮。战争岁月依然在我的心里乱作一团，挥之不去，军队的生活似乎是那段岁月的延续，虽然生活在某种程度上已经发生了变化：我不再害怕神秘莫测的森林，也不再害怕鲁塞尼亚农民可能会突然认出我是个犹太小孩，可我依然能感到害怕，害怕那个不分昼夜地让我的生活苦不堪言的军士长。

我能够从战争中幸存下来，不是因为我很强壮或是因为我为自身的存在而努力奋斗，我更像是一个暂时在地洞里躲避的小动物，靠吃任何偶然发现的东西为生。危险的环境让我变成一个对周围环境敏感的孩子，而非将我变成一个强壮的孩子。我会连续好几个小时坐在森林里，观察灌木丛，或者坐在溪流旁望着流水。凝视让我忘了饥饿和恐惧，让我想起了旧时家里的光景。这些时光可能是我在战争时期度过的最快乐的时光，如果可以用"快乐"这个词来形容战争中的生活的话。那个在残忍的异乡濒临迷路——或者甚至死亡——的小男孩可以重新变回那个有父有母的孩子：手里拿着一个冰激凌，和父母一起在夏日里漫步街头，或者和父母一起在普鲁士河里游泳。这些美好的时光让我在那时候保持精神抖擞，不仅是在那时候，后来也是。战后我在欧洲流浪以及我在青年村里的时候，这些美好的时光依然支撑着我。我会坐着凝望，把自己沉浸在各种景色或声音中，联想自己之前的生活，并为自己和身边无数无名的人不一样而感到高兴。

在军队里，我突然被剥夺了这种安静隐秘的经历。我甚至连一个小时的独处时间都没有。为了消除自己的痛苦，我甚至学会了在熙熙攘攘的人群当中沉思。那种沉思并不能唤醒人的灵魂，也不能给人带来快乐或拓展思维，可那是观察的一种高度实用的形式：谁是好人以及谁是坏人，谁是自私之人以及谁是慷慨之人。

参军的时候，我了解了童年在隔离区和集中营的经历在我的身上根深蒂固。在青年村里，有一些书写的或未书写的口号："忘记""落地生根""说希伯来语""整理你的仪容""培养男性气概"。这些口号起到了作用。任何吸收、运用和执行这些口号的人都会觉得军队的生活更加容易。然而，这些口号对我来说却毫无用处：我在参军的时候，隔离区的画面和集中营的记忆不断涌现，或许是因为我觉得自己再次与世隔绝、再次受到威胁。我嫉妒我的那些同样来自集中营的朋友；他们的记忆仿佛已经被删除了，他们似乎不受过去的束缚，在这个新的现实中落地生根，品味美食和享受阳光，甚至享受日常和夜间的军队演习。然而，对我来说，在隔离区和集中营的时光越发地清晰，越发地具体，仿佛故意刁难我。在青年村的时候，有那么一会儿，过去似乎已经逝去，已经被埋葬，可在参军的时候，那些我多年未见的映像又浮现在我的脑海里。令我感到震惊的是，这些事件一清二楚，仿佛是昨日发生的，而非发生已久。

军队并没有使我变得更加坚强。相反，它巩固了我沉思的习惯。当你沉思的时候，你脱离了自身，沉浸在一首发自内心的旋律当中。你为自己搭建了一个容身之处，或者有时候使自己站在高处以便远远观察。那时候，我还不知道这种注视不知不觉地使我成为了那个我命中注定要成为的人。

我明白人之所见不过是他人之所示。在隔离区和集中营里，我看见了最底层的人。我见识过自私自利之人，可也见识过无私慷慨之人。诚然，自私之人更为常见，慷慨之人较为珍稀，可真正在我的脑海里留下印记的是那些难逃一死的人能够放弃狭隘的利己主义，为另一个人牺牲自己的时刻，这些时刻很清晰，充满了人性。这些难得的时刻不仅表明了人比低等的昆虫更加高尚——他们也为黑暗带来了光明。

参军的时候，我遇到许多慷慨的士兵，他们给予我帮助。我丢失了餐具，如果不是一个无名的士兵过来递给我一个餐具，我可能会因为遗失设备而受到审判。我花光了最后一分钱，没有钱买包烟，一个士兵走过来递给我一张纸币。那些年，我在以色列没有关系亲密的人，可这些善良的人出现了，恰恰在我感到绝望的时候出现了。

我做了一个调查并得出了一个猜想：据我所知，在战争中幸存的每一个人之所以能够幸存下来，是因为在危难关头得到他人善意的帮助。我们在集中营里看到的不是上帝，而是善良的人。世界因善良之人而存在，这句犹太谚语在今时今日依然适用。

军队生活对我很重要，不是因为它锻造了我的性格或向我灌输了新的价值观，而是因为它引领我回到了我生命的源泉。我因战争而失去的生活以及相关的记忆已经开始消失，然而，在军队中，过去的生活又重新出现。也正是在军队里，我才渐渐明白被我抛下的世界——父母、家、街道和城市——全都活在我的心里。发生在我身上的一切或者将要发生在我身上的一切都与我所来自的世界相关联。我一意识到这一点，我就不再是一个拖着孤儿身份的孤儿，而是一个能够面对世界的人。

第二十二章

恶魔无处不在,可它们只有在某些地方才能被看到。在军队的时候,有一次,我在休假,一个男人前来搭讪,他说我在战后曾经冤枉他。

"我怎么冤枉你了?"我问道。我试图为自己辩护:"战争爆发的时候,我才七岁,战争结束的时候,我还未满十三岁。"

"与年龄无关。"

"那你指责我什么?"

"我不该告诉你,你心知肚明。"

"可你为什么不告诉我呢?"

"这个时候,该说话的是作恶者,而不是受害者。"他神秘地说道,看上去,他似乎很满意自己刚刚说的话。

"这不公平。"

"你还想要公平——你?!"他反驳道,然后走开了。

在内坦亚的中心遭到这种奇怪的指责，我感到很愤怒，可我什么也没有做。那一年，我几乎是孤身一人，无依无靠。实际上，我觉得自己被寂寞所吞噬。周末和节假日，其他的士兵都会回家，而我却留在基地里。炎热的天气和训练让我受不了。晚上如果我可以休假，我会坐在一家咖啡厅望着来来往往的女人。在镇上，我一个男人或女人都不认识，我试图与人打开话题，可是都被拒绝了。"滚开！"一个女人大声地攻击我，"找个妓女，不要烦我们这些路人。"

炎热的天气和让人疲惫不堪的训练让我没有时间思考，只让我感到莫名地恐惧。我会坐在咖啡厅里，喝几杯柠檬汁和咖啡，在沙滩边散散步，然后回到营地。我的寂寞一定很明显，明显得可以从我走路的方式看得出来，因为人们都离我远远地，除了那个不断跟我搭讪的男人。我开始憎恨他，而且我害怕他会激起我暴力的一面。

有一次，我直面他。"滚开！滚开——不然我就打你。"

"我不怕。"他说道。显然，他真的不怕。

我不停地问他他所说的我冤枉他指的是什么，但他拒绝回答我。然而，我可以判断，他是我的老乡，因为他说的德语和我们家乡的德语一模一样。

"我什么时候冤枉过你？在哪儿冤枉过你？"我再一次想要弄清事情的来龙去脉。

"这不是我们这边来证明的。"他坚持不说，这一次，他用的是"我们"这个词。

我避开了他，继续走我的路。那时候，我们的训练极为密集，晚上，即使他们允许我们离开营地，我也会留在营地里，因为我太累了。

有一天晚上,我在海滩边散步,那个指责我的人出现了,然后又开始污蔑我。我告诉他离我远些,可他却不知好歹犯牛脾气,不愿意走开。为了赶走他,我径直走到他的跟前,他后退了几步,然后站在那里一动不动。我看他骨瘦如柴,所以控制了自己,没有动他一根指头。然而,当他继续走到我的跟前喃喃自语的时候,我失去了耐心,我一把抓住了他。他轻得跟一堆干草似的。我本可以把他提起来扔出去,可不知为什么,我硬把他压下去,直到他摊手摊脚躺在沙里。他猛烈地晃动着他的手臂和腿,可嘴里依旧说个没完没了。我本可以用我的军靴重重地踩在他的身上,可我并没有这么做。

"闭嘴!"我强压着怒火说道。

"不管怎样,反正我贱命一条,来吧,杀了我吧。"

"如果你的命一文不值,那就闭嘴。"我也想要刺激他。

"即便如此,也远比不上你带给我来的痛苦。"

我不记得我是如何回答他的,也不记得他是如何回答我的。一想到他在这么可怜的状态下说起话来依然头头是道,依然足智多谋,我就气得忍不住踢他。我肯定踢得很重,因为他受伤了,可他没有尖叫。他闭上了眼睛,咬住了嘴唇。

我知道我不能用蛮力战胜他。所以我对他说:"如果你不再烦我,我会放了你。我并不想伤害你。"

他没有回答。他正试图减轻他的痛苦。我放走了他,并回到了基地。整整一个月,我们都在山上训练,中途没有休息。有些任务,我们没有完成,因此多次遭受惩罚。天气逐日变热,人也变得无法思考。如果不是厨师（我们的厨师是个普通的职员，不是士兵）给我们准备美味的食物，我们在山上的生活肯定会更加难熬。

我记得在意大利，在我们前往以色列的一个中转站里，有一天晚上，我看见地上有一个手表。我随手就把它捡起来放进我的口袋里。当手表的主人发现自己丢了手表，他像个孩子似的号啕大哭，并恳求所有人把手表还给他，因为这是他家人唯一留给他的东西。周围的人试图让他平静下来并且安慰他。他们安慰的话并没有效，然后他们对他说："大屠杀你都能幸存下来，你怎么能因为丢了一个手表而哭泣呢？"

然而，他就是不肯停止哭泣。傍晚时分，所有人都感到厌烦，他们开始厉声说道："你是个自私鬼。你是个坏蛋。"听到他们的话，他把脸埋在双手里，像一个疲倦而疑惑的孩子，然后开始不停地在地上跺脚。人们看到他在发脾气，便不理他；他好像疯了。

而我则被吓坏了，我把那个手表埋在了沙里。

第二十三章

1952年至1956年，我在耶路撒冷希伯来大学学习。那些年里，我争分夺秒地填补我的教育漏洞，争分夺秒地在一连串的社交和文化活动中找到属于自己的位置，最重要的是，找到我自己的声音。

我之前只正式接受过小学一年级的教育，可为了拿到大学的入学许可证明，我首先得通过一个预试，预试的内容是小学的内容。通过预试后，我就能继续考主要的入学考试。这个考试很难，考试地内容涵盖：代数、三角学、文学、英语和《圣经》等。通常需要几年时间学习和复习的材料，我必须在一年半的时间内死记硬背。难怪我数学和英语两次不及格。

这种巨大的努力让我筋疲力尽，不想再学习。我想回到果园里。那个随着季节变化而变化的恬静果园在我看来是幸福的源泉。我喜欢一个人待在果园里打发时间：耕地和耙地，用喷雾杀死昆虫，春天看果实成熟，秋天望落叶飘零，冬天修剪枝叶。

然而，我并没有回去干农活。经过理性的思考，我认为这并不是一个明智的决定。同许多犹太人母亲一样，我的母亲热切地希望看到我学习成绩优异。她丝毫没有掩饰她的这一希望，一有机会就提醒我要学习。就在她被杀害的前几天，她对我说："你会成为一个有学问的人。"我不知道她所说的"有学问"是什么意思，是指我会成为一名知识分子，还是只是成为一个受过教育的、家里有藏书的人。不管怎样，当我下定决心要好好学习的时候，我的眼前便浮现出母亲这一发自内心的希望。

可我该学习什么呢？我考虑过学习农学，将学术研究和实际运用结合起来，然而，这不是一个可行的想法——我的教育程度再次成了问题。我在化学原理、植物学原理和动物学原理方面的知识储备很少，根本没办法上大学的科学课。我这辈子都没有踏足过实验室，也没有透过显微镜看东西。那个面试我的人带着些许嘲讽的语气建议我学人文学科。

我申请的课程是用意第绪语授课的。为什么选择意第绪语？我的母语是德语，可在战中和战后，我们都说意第绪语。这种语言依然能隐约让我想起外祖父的家、我自己的家以及战争，而且它触动了我的内心。或许它代表了弱者的反应，代表了无法面对外面的世界、龟缩进自己的壳里的人的反应。1952年并不是适合热爱的意第绪语的时候。那时候，意第绪语是草率马虎、软弱以及移民社区的象征。每个人都对之嗤之以鼻。然而，事实上，正是这种态度鼓励我学习意第绪语。我的孤儿身份和它不受欢迎的状态相互契合。

事实证明，我的直觉是正确的。意第绪语系的生源并不多。说实话,包括我自己在内,只有三名学生被分配到了多夫·萨丹的门下。多夫·萨丹是一个身材矮小、双眼警惕的男人。萨丹正是我那时所需要的老师——他是个聪明但极为温暖的人,而且他知道如何评估学生。

20世纪50年代初期,在希伯来大学任教的有马丁·布伯、哥舒姆·舒勒姆、恩斯特·西蒙和耶海兹克尔·考夫曼等人。他们全都接受过广泛的犹太教育和世俗教育,擅长各种领域的知识和信仰。他们熟练掌握古代语言和现代语言。难怪我们这些学生在他们面前都觉得自己是无知而渺小的蚱蜢。

我们这一代人中许多人是在青少年时期来到以色列的,他们不知道如何调整过去的生活以适应新生活,我也不例外。我不知道该如何调整自己在欧洲的生活以适应新的国度。更准确地说,我不知道如何否定我的过去。过去在我的心里翻滚,波涛汹涌。正因如此,对我而言,这所大学不仅是一个获得具体知识的地方,也是我的独立意识开始首次形成的地方,是我开始弄清楚我来自何方以及我去往何处的地方。

20世纪50年代的希伯来大学是一个奇怪的大熔炉:既有从德国移民到以色列的老师,或在战前刚刚经过德国的老师,也有最近结束长期军队生活的学生,以及年轻的学生和不那么年轻的大屠杀的幸存者。虽然人们常常认为大学是一个陈腐的机构,可我的经历告诉我事实并非如此。所有教过我的老师都出生在欧洲,他们和我一样,因为拥有两个故乡而感到痛苦不堪。比如,里奇·戈德堡和路德维·施特劳斯。他们在掌握两门语言和拥有两个故乡方面绝对有发言权。他们是诗人,说话也像诗人。从他们身上,我学会了如何应对诗句,如何回应他人的话语,以及明白了每个声音都有意义。

我学习了意第绪文学和希伯来文学,可我越发迷恋卡巴拉和哈西德主义。哥舒姆·舒勒姆上课的时候像个魔术师,他把所有人都迷住了。马丁·布伯既是研究德国政体的教授,也是哈西德派拉比。他们二位都广受爱戴。比起启蒙运动文学和大多数的现代希伯来文学,卡巴拉和哈西德的语言更能打动我的心。社会学的视角对我来说很陌生。刚开始,我觉得文学并不能用来分析社会学。真正的文学捕捉了命运的伏笔和人类灵魂的秘密;真正的文学存在于形而上的领域。

我不停地挣扎着,想要打磨我的文学笔触。如今,语言在我的体内歌唱,然而,其旋律是不正确的。旋律是一切诗歌和散文的灵魂。我知道这一点,而这一点也让我感到痛苦。大学四年,我写诗,可诗句不过是被遗弃后试图找寻回家之路的动物的哀嚎。母亲,母亲,父亲,父亲:你们在哪儿?你们躲在哪儿?你们为什么不出来?你们为什么不带我走出痛苦?我的家在哪儿?我被遗弃的那条街和那片土地在哪儿?这些就是我哀嚎的内容,我把所有的痛苦转化为诸如"寂寞""渴望""惆怅"和"阴郁"等词语,我坚信这些词汇是我忠实的信使,能够将我的痛苦直接传达到读者的内心深处。

散文让我摆脱了这种多愁善感的情绪。散文本身要求具体化。抽象的情绪和想法并不是散文所喜之物。只有具体的想法或情绪才能合理地存在于散文之中。一个普通人学习这些基本事实需要耗费时日,而对受教育程度不高的我来说,所需耗费的时日更长。我并没有学习观察人以及人的动作,而是被吸引到了含糊和梦境之中。

和大学里我的许多同代人一样，我贪婪地阅读卡夫卡和加缪的作品。他们是我首次主动学习的先知。和任何年轻的求学者一样，我首次阅读的体会是肤浅的。我陷入了梦境和含糊之中，我没有看到卡夫卡营造的迷雾中有详细的描述和精确的感觉。这些感觉拨开了迷雾并将神秘变成了马克思·卡达申所说的"寻常的神秘"。

俄罗斯文学没有这些朦胧的迷雾和象征。我从俄罗斯作家们的身上学到了这些朦胧的迷雾和象征是无用的：如果正确地描述现实，那么现实就会自己产生象征。事实上，任何具体的情景也可以被视为具有象征性的。

然而，我太过于急于求成了。我被卡夫卡的魔力所吸引。我认为卡夫卡更认同卡巴拉和哈西德主义，而非犹太启蒙文学和现代文学。可后来，当我熟悉了塞缪尔·约瑟夫·阿格农的作品后，我发现文学的确青睐神秘。

我与意第绪语的关系与众不同，我力求通过意第绪语把自己和外祖父母以及他们在喀尔巴阡山脉里的家联系起来。在我的内心深处，我知道通过把自己和外祖父母以及他们语言的旋律联系起来，我就能够把自己和犹太根源联系起来。犹太根源是我曾经与哥舒姆·舒勒姆和马丁·布伯钻研过的问题。

大学四年，我都在寻找犹太教的真正形式。我并不满足于学术研究。我会花费好几个小时在耶路撒冷的宗教社区里、在米歇雷姆区和沙瑞赫锡德的小教堂里。我喜欢听蹒跚学步的小孩说意第绪语，听犹太儿童宗教学校的学生吟唱，以及听平日里和圣日里犹太教堂的祈祷声。我被这种有形的精神世界所吸引，可我从未想过成为像他们一样虔诚的人。我与犹太教的关系就像是我与我的老师的关系——萨丹、布伯、舒勒姆以及伯格曼。我的这些老师与其犹太遗产的关系是后同化的关系，不再卷入父子之间的争斗，而是超越父子之间的争斗。布伯和舒勒姆都不是传统的神秘主义者，可他们都亲近犹太神秘主义。布伯将他的神秘主义传授给了雨果·伯格曼。伯格曼本身是一名哲学家，他将这一哲学翻译成自己的母语。萨丹虽然没有遵守犹太教律法，但他是个正统派犹太教徒。

那段日子里，我变得越来亲近阿格农，我们会时不时地碰面。我第一次遇到他是在1946年，那时我在瑞秋·亚娜伊特的农业学校学习，而阿格农则住在附近的特比昂，有时候他会顺道过来拜访我一下。我们年轻人有五十人，都是来自波兰和罗马尼亚大屠杀的幸存者。阿格农有时候会走向其中一个孩子，然后问他出生的城市是哪里以及他在战争中经历过什么。当我告诉他我出生在切尔诺夫策时，他很高兴。他很了解那座城市，很快就开始急促地说出一些那座城市的人名和地名。我根本不知道他在说什么，可他的外貌和说话的方式给我一种熟悉的感觉。我长得像我的马克叔叔。我还依稀记得马克叔叔。当别人告诉我阿格农是个作家的时候，我很惊讶。他的衣着打扮一点儿也不像一名作家。他没有留长头发，也没有戴浮夸的领带。他看起来像个无所事事的人。

多年以后，我才开始了解阿格农的作品，然后我很快就觉得自己跟他很亲近。看到那些我依稀记得的家乡的人名、城镇名和村庄名时，我很激动。布科维纳和邻近的加利西亚在"一战"后才被分隔开来，父亲以前经常愉快地谈及他年少时经常去的加西利亚小镇——伦贝格、布罗德以及布恰奇。

后来，当我阅读阿格农的书——《在她风华正茂之年》《特黑拉》和《大海深处》——我知道他在描述我父母和我外祖父母的生活，虽然他是以一种虚构的形式进行描述。我依稀记得哈布斯堡王朝时期村庄和小城市里的平静与安详（我们会在夏日拜访那些村庄和小城市），因此我知道他说的是什么。

我刚开始写散文的时候，并没有模仿阿格农。相反，我努力切断自己与过去的关系，并试图让自己融入新的环境。我刚开始下笔时磕磕绊绊。在我的笔下，我是一个在犹太山丘耕作的农民，是以色列集体农场的一员，是先锋部队的战士，是守护果园的看护——除了我自己的真实身份以外的任何人。在那段日子里，我觉得自己没有自己的身份，我觉得自己必须为自己构建，或更加准确地说，创造一个身份。通过这种奇怪的创造，我嘲笑那些抱着自己的记忆、深陷在过去的痛苦之中的人。我是一个在农场长大的孩子，而不是一个多年来从一个国家流浪到另一个国家，最终流落到了阿特利特海岸的难民小孩。S伊扎尔、摩西·夏米尔和哈伊姆·古里是我的榜样。青春乐观的文学迎合了我对变化、遗忘以及将自己变成"土生土长"的以色列人的秘密渴望。

多年以后，我才渐渐与自己达成妥协，并发现了阿格农的作品。那时候，我准备接受自己的身份。然而，这种妥协与所有的妥协一样，是充满痛苦的。

然而，与我同代的大多数人所做的决定与我的决定不同。他们竭力抑制和根除自己的过去。我完全没有抱怨他们；我完全理解他们。

可我不知为何不知道如何融入到以色列的现实中。相反，我退回到了自己的世界中。

这一点，阿格农给我树立了一个好榜样。从他的身上，我学到了无论身处何地，也不能忘记自己的出生地，学到了如何在新的地方过充实的生活。你的出生地不是一个固定的地理位置，你可以向外拓宽它的边界或将他们上升至高空。阿格农将犹太人过去两百年所创造的一切都视为自己的出生地。和所有伟大的作家一样，阿格农书写的并不是对自己家乡小镇的回忆，不是家乡小镇的过去真实的面貌，而是家乡小镇本来可以成为的样子。他告诉我一个人的过去——甚至是辛酸的过去——不应该被视为瑕疵或耻辱，而是一个值得开采的合理来源。

与许多同代的人不同，阿格农与上一代人并没有矛盾。他年少时虽曾叛逆，但叛逆期很短。人们都断言阿格农对犹太传统持矛盾的态度，我不同意这种观点。诚然，阿格农不喜欢宗教当权派，不喜欢僵化的制度，不喜欢例行公事，也不喜欢伴随宗教而生的傲慢。但是，犹太遗产对他来说是极为珍贵的。年复一年，他会如学者般兢兢业业地学习犹太文本。诚然，阿格农冷嘲和蔑视自以为是之徒以及一切浮华或畸形之物，然而，在他最好的作品中，他放下了讽刺和冷嘲。进入了祖先们的世界。

萨丹、舒勒姆和布伯都与阿格农亲近，有时候，我会在咖啡馆里、街上或大学里看到他们在一起。阿格农是最有趣的。他总是有许多过去的趣闻轶事可以述说，他喜欢取笑过去认识的人，他总是能够讲述当代有权有势的人和教授们的故事，在他的故事里，那些有权有势的人和教授都视自己为才智超群的人道主义者。

他们这群人的共同之处是他们与犹太教的关系都是后同化的关系。他们的灵魂就是犹太人。阿格农不遗余力地收集旧的犹太书籍、小册子和笔记本。我会跟着他从一家书店走到另一家书店，有时候仅仅是为了寻找他听说已经重印的哈西德小册子。他试图完成不可能的事情：将犹太主义与现代世界联系起来。

对这群人来说，犹太复国运动从某种程度上来说是对犹太主义的回归，然而这并不是对正统犹太主义的回归，也不是对教条主义的回归。舒勒姆将他自己称为"虔诚的无政府主义者"。这个称号也适合布伯。他们力求去除卡巴拉和哈西德主义的晦涩艰辛以展示这些主义对当代人类的重要性与紧密性。耶海兹克尔·考夫曼试图从基督教手中夺取圣经研究的权利，而伊扎克·巴尔则力求展示犹太人自建造第二圣殿以来的传承。多夫·萨丹用辩证法表明了当代希伯来文学诞生于四种意识流之间的矛盾与冲突——哈西德主义、哈西德主义的米特纳格迪克的反对派、启蒙运动以及现代主义。

与我所来自的世界不同，阿格农的世界似乎十分平静且有条不紊。我来自一个灾难重重的世界，一个强行赋予我的写作完全不同的语言和韵律的世界。"一战"虽然也给阿格农的世界带来了毁灭和巨大的损失，但是他的宇宙中依然残留着文化大厦，以及最重要的，残留着一个在以色列的土地中浴火重生的犹太世界。然而，阿格农对我而言，是一盏指引我前行的明灯。我觉得，他的写作中包含了整个犹太民族的经历——犹太民族的发展、迷失以及教育，无论是显性的还是隐性的。若可以将一名作家称为其民族的集体记忆，阿格农就是这样的一位作家。

在切尔诺夫策的那段岁月以及战争的岁月形成了我映像和情感的突触。我的大学时光塑造了我的批判性思维能力,增强了我的表达能力。我十分幸运,所遇到的老师都成为了我的指导老师,即便在我完成学业以后,我还继续与他们会面。他们了解我在写作方面经历过的挣扎,可他们从来都是对我真诚以待,坦诚相告。对我而言,他们的批评也并不总是容易接受。很久之后,我的第一部中篇小说《他眼中的珍宝》出版后,哥舒姆·舒勒姆用他那双大手一把抓住我的手掌说道:"阿佩尔菲尔德,你是一名作家。"

第二十四章

怀有恶意之人，如同恶意般，无处不在。我刚开始写作之时，怀有恶意之人仿佛躲在四周角落埋伏。我投向报纸的稿件总是被退回，并附上恶毒的评论。编辑们总会找我谈话，谈话的内容都是千篇一律地以家长式的口吻批评我毫无才华，并力劝我停止写作。对他们而言，我直面自己的局限并不再对写作怀抱任何幻想仿佛是一件十分重要的事情。

我所拥有的那一丁点儿自信就如此轻易地被打击了。有些编辑十分激进，说我根本不应该触碰这个话题，说我们只能记录大屠杀的证词。后来，我的写作水平提高了一些，他们则声称"你受卡夫卡和阿格农的影响，没有你自己的风格。"

在这些批评的声音中，最严厉的声音来自我的朋友D。D的父亲是一位教授，而他自己也是一个接受过极为广泛的教育的年轻人，是公认的博闻广识的学者并且熟练掌握多门语言。他的个子比我高出整整一个头，自然能居高临下地蔑视我。我认为他看我的样子是很傲慢的。事实确是如此。尽管如此，我还是将我早期的写作拿给他过目，我觉得像他这样接受过高等教育的人能够接受我的作品，而且要么会指出我可以修正的缺点，要么会指明我可能可以发展的方向。他比我年长四岁，而且在大学里被视为天才，他知识渊博、口才出众，许多人都佩服他，我亦不例外。关于人文的问题，他有着清楚明确的观点。

他对我的短篇小说的评论虽克制却仍然伤人，仿佛我不过是在通过玩弄不应该玩弄的东西来娱乐自己。他虽然没有直截了当地这么说，可他的言外之意确是如此。他的含糊其辞证实了我一直害怕的东西：我不可能实现我的目标。如若他的评论只是几句清楚明确的话语，即便内容是负面的，我或许也会更好受些。然而，他的评论太过于泛泛而谈、吞吞吐吐，仿佛试图缓冲可能会对我造成的伤害，然而，这只能更加证实我的想法：我想要表达的东西与我写出来的东西之间存在着某种鸿沟。我注意到 D 说话的时候总是带着微笑，这微笑比他的话语更加令人难受，因为它暴露了他真实的想法：你在浪费时间。

我的确有其他愿意听我倾诉、助我一臂之力的朋友。我的这些朋友不是自以为是之人，他们的眼睛从来没有长在额头上，他们总是乐于说出正确的话，他们说的话会在我的心里扎根，然后开花。当我完全陷入绝望，他们会伸出手，嘴里说出鼓励的话。他们从不会瞧不起我。他们知道我的弱点——我的弱点十分明显——可他们也看到了我投入到写作的努力。他们相信我、支持我，他们成为了我写作的指导老师。

我并非一开始就知道如何从这些朋友身上学习，我甚至根本不知道他们就是我的老师，有时候当我觉得他们不理解我的时候，我会拒绝与他们来往。我会对那些"专家"，那些语言的魔术师表达我天真的敬意。在我看来，他们比我那些没有上过大学却谦逊有礼的朋友还要重要。我觉得，如果我与学者们同甘苦共命运，他们会向我打开通往文学殿堂的大门；他们的赞同会保证我的前路一帆风顺。最终，我明白他们并不知道友谊为何物，他们太过于沉浸在自己的世界中，沉溺于维护自己的地位和履行自己的承诺而无法给予他人。

如今，当我试图回忆 D 对我所说的话，我只能记起他发出的一连串的呢喃；一切皆是抽象，我的脑海里没有浮现任何清晰的画面。这些抽象的画面只停留在我的心中片刻便消失殆尽。只有能在心中留下画面的话语才能留在心中，剩下的皆是毫无价值的东西。多年后，我才明白这一点，才使自己从那嘲讽的微笑中解脱出来。多年后，我重新回到我那些忠诚的好朋友的身边。我的那些朋友知道人不过是一无是处的、惶惶不安的存在，无需再雪上加霜。若他们知道正确的话，他们会说出来，就像是在战争中递来一片面包，若他们不知道该说些什么，他们便会默默地坐在你的身边。

第二十五章

1962年，我出版了《硝烟》。诗人尤里·基维·格林伯格让我去见他。我长得肯定与他心里想象的有所不同。"你是阿佩尔菲尔德？"他惊叫道。

"我想是的。"

"请不要介意。"

他没有问我来自哪里，我的父母是谁，战争中我去过哪里，或者我现在在做什么。他赞扬了我的书，然而我马上就觉得他的赞扬相当敷衍。他将我的作品称为"克制的表达"，并对"克制写作"嗤之以鼻。"克制写作"是以前的批评家们对我的作品的描述。"什么是'克制'？"他嘲讽道，"你若有话说，便说出来，清清楚楚地大声说出来；你若无话可说，便不要作声。"

为了缓和气氛，他向我解释说其他民族可能会为了艺术而艺术以及他们确实在该领域取得了一些显著的成就。然而，我们犹太人并没有被赋予这种能力。我们顶多可以模仿。我们天生具有的是远见和预见能力。当我们运用这些能力的时候,我们创造出真实的东西。我们这样的民族是无法容忍自己拿描述或微妙的情感消遣的。我们全都是民族链中的一环,这条链的另一端是以色列的上帝和祂的训示书,我们正是从中汲取养分。只有忘记了自己的身份、数典忘祖的人才会在异乡的牧场中迷失自我。对我们而言,这是大屠杀之后最为糟糕的事情。迷失自我是一种罪。难道我们不曾看见欧洲文化的鬼魂蜂拥而入其地下室?如今我们要效仿他们写五步抑扬格的诗句并投身于描述无足轻重之事物的浪潮?伟大的托尔斯泰在临死之前明白欧洲文化已经死亡,然而,以他的情况来说,他无路可走。他只剩下一本风干的《新约》;他不得不在剩余的日子里将就度日。然而,我们犹太人拥有珍宝:《训示书》、两部《塔木德》《米德拉西》、迈蒙尼提斯祷文,以及《佐哈尔》。世界上还有哪个民族拥有如此丰富的文化遗产?然而,我们总是逃离自我,逃离我们在这个世界所扮演的角色,躲藏在纽约和巴黎的公园里,仿佛那些地方能够滋养我们枯竭的灵魂。那些不能传递我们祖先们的信仰的艺术拯救不了我们。没有这个伟大的、兼容并包的信仰,以色列土地也不会拯救我们。我们必须毁灭一切的神像——金牛犊以及其他一切的神圣的牛犊——并回归至我们的祖先,因为没有祖先,我的存在就毫无意义。没有祖先,我们不过是冒牌货、蝼蚁之徒,无足轻重之辈。

我意识到这篇激愤的长篇演说的矛头指向的不仅是本人之拙作,实际上更指向了我们以色列所有的知识分子。格林伯格的诗歌和声明让我联想到了他的批评。然而,这还是容易让我十分介怀,仿佛我是他所反对的固执和麻木不仁的化身,我没能追随祖先的脚步和信仰，而是试着和契诃夫与莫泊桑一样注重描写与细微的变化。我误入歧途，可我不过是刚刚踏入歧途，尚可引导我重归正途。他说话的时候，时而温柔，时而严厉，仿佛试图将他的想法灌输到我那双执拗的耳朵里。

我从不甚喜好伤春悲秋或辞藻华丽。我以前热爱并依然热爱观察。沉思的益处在于不必言语。物体或风景自然而然地、安安静静地流向你。我生性不喜严以待人，能够接受人们本来的样子。有时候，我会被某个缺点所感动，这种感动不亚于我对慷慨的行为的感动。对我而言，格林伯格所说的远见和预见能力看起来总像是一顶再也无法包裹我们的古老的荣誉斗篷。然而，瞧啊，那天晚上，格林伯格和我谈话的时候，他打动了我的心弦。起初，我觉得他揭露了我的个人耻辱：我父母的家、战争、青年运动、军队甚至大学——这些东西都无法将我与我的祖先，及其信仰的来源联系起来。毫无疑问，世界上存在着深刻的犹太信仰，可我找不到通往该信仰的路。

暴露一个人的缺点，使之自我批评与怀疑并非难事。那天晚上，格林伯格就是如此待我的。他伤害了我，激怒了我。而且我还感到他的身上涌动着一股无穷的能量。那股能量不仅仅能给予一个人以力量，而且是一种完全不同的能量——一股似乎流向某个人的集体能量，该能量继而在我身上留下这些字："一个人，无论多么重要，总归不是主要的。集体必然重于个人，因为只有集体才能创造语言、文化和信仰。若个人贡献于集体，则升华了集体，亦升华了自我。无法做到这一点的人，即便具有创造力，也不会为这个国家所铭记。"

如若他在说这番话的时候是用精心设计过的声音，或许我会更好地接受他的建议，可他的声音越来越大声，最终我不再听他说话，只听到一些刺耳的噪声。

阿格农是个多么与众不同的人啊！阿格农亦十分坚守其祖先的信仰，可他的谈话冷静睿智。格林伯格雷厉风行，阿格农春风细雨润无声。我十分了解阿格农。他从不直接对我的写作发表批评，他会提供模棱两可的评论，他的评论带点讽刺的意味，有时亦具戏谑的意味。那天晚上，格林伯格满腔热情地与我谈话，仿佛是一位父亲在同他的儿子说话。他的话语既没有经过仔细斟酌，亦不够理性，然而这些都是他的肺腑之言。

那是我唯一一次与格林伯格的会晤。自此以后，我再也没有与他打过照面。有时候，我会在街上看见他，他要么如暴风雨般疾步而走，要么站着与人热烈交谈。我疏远了他。他对我要求并不是我愿意要求自己的。然而，他显然一直在关注我。他不止一次向我的朋友问起我的近况，而且他多次清晰地传达命令："不要陷入旁枝细节的泥潭里。大声清楚地把事情说清楚。人无法低声细语地谈论大灾难。"

我知道他是真心诚意地尊重我，可我不再去拜访他了，也从未再见过他。我在国外的时候听说了他的死讯。

第二十六章

阿格农去世之前的几个月,我路过他家门口。他的家坐落在特比昂。他家的一扇窗开着,隐隐约约飘出音乐声。我觉得有点儿不对劲。我在窗户附近徘徊,可我不敢敲门。然而,我最终还是鼓起了勇气敲门。阿格农打开了门,他很高兴能够见到我。原来他一直在听新闻,然后在沙发上睡着了。收音机就一直这么大声地播放着。

"我居然忘了关收音机,真是太疏忽了!"他满怀歉意地说,"幸好你把我叫醒了。"他马上开始为我冲咖啡。

因为我十分喜爱阿格农的作品,所以当我开始写作的时候,阿格农成为了我的指路明灯,带我走过了那段迷茫的时期。我与作家本人的邂逅更为复杂:在阿格农的身上,讽刺根深蒂固并且深奥巧妙,有时候让人难以察觉。赞赏他的教授们和许多愚蠢的粉丝簇拥在他的身边。难怪他用讽刺当作武器来保护自己。

遗憾的是，多年来这种表达方法在他的写作中根深蒂固，已经变成了他的习惯，他再也无法改变这种表达方法了。

20世纪50年代，阿格农被视为以色列最重要的作家。所有人都对他赞不绝口。关于他的作品中重要的方面和无价值的方面的研究平分秋色。并且，人们几乎不再读他的作品，这种事在过去也时有发生。他知道这件事吗？他注意到这件事吗？很难说。他沉浸在自己的世界中，大多数时候，他都在谈论自己的事情，抱怨那些阻碍他的人，抱怨那些他觉得本应该欣赏自己的人，抱怨那些写信来轰炸他的人，抱怨那些在他门前街道上发出噪声影响他写作的人，或者抱怨那些对他的作品发表负面评论的人。诚然，他天性慷慨，并且对人们及其处境有着极强的洞察力，可他从来没有表现出来。他最突出的特点是沉浸在自己的世界中。

那天晚上，阿格农表现得有所不同，仿佛他走出了自己的藏身之处。他并没有如往常般说个没完没了，而是向我提问并全神贯注地聆听我的回答，仿佛他是第一次见我，并试图解开一个谜团。我告诉他我在战争时期的经历——虽然我说得并不具体，因为我知道他精神集中的时间很短。然而，那天晚上，他显然很热切地去聆听，因为他不断地询问更多的细节。最终，他说道："你童年的所见所闻足够为三名作家提供素材了。"

然后，他说了一些让人感到意外的话。"时至今日，我一辈子都在和书打交道，要么阅读，要么写作。我并没有面临很多困难——我并不是从贫民窟里走出来，需要努力工作往上爬。如果我是一名铁匠，或者一名在土地里的干活的农民，或者与自己的材料和工具建立密切关系的手艺人,或许我会成为一个与众不同的作家。"

我能感觉出那是他的肺腑之言。多年来,人们一直在谈论阿格农作品中的象征手法,可阿格农本人,如同所有真正的作家一样,更喜欢真实具体而非象征的东西。

那天晚上,他多次询问我我独自在森林里的时候是如何生存,进食了什么东西以及我晚上裹着什么东西避寒。当我告诉他我曾经和乌克兰人一起共事时,他就让我说几句乌克兰语。而他,则告诉了我许多我所不知道的、关于我出生地的事情,告诉我那座城市里的知识分子和拉比,告诉我声名狼藉的雅各布·法兰克的故事,告诉我这个假救世主通过说服人们犯罪以加快救赎的进程来荼毒人们的灵魂。

那是毫不矫情的阿格农。那天晚上,他试图向我解释我的父母无法告诉我的东西以及我在战争时期无法学习的东西。"每位作家都需要一座属于自己的城市,"他说道,"一条属于自己的河流及一条自己的街道。你被逐出家园,逐出你祖祖辈辈生活的村落。你没有从村落里汲取知识,你从森林里汲取知识。"

他仿佛是在试图让我为未来做准备。他声音里的讽刺意味开始消失,取而代之的是殷切的期盼。我喜欢这种殷切的期盼,因为它让我想起了他的故事里叙述者的声音。

那天晚上,我的对面坐着一个老人,一个正值盛年的老人。他知道他身上所有的荣誉和赞美无足轻重。经得起时间考验的是声音——清晰明确的声音或充实丰富的声音或真挚诚恳的声音——这种声音是从他的祖先那里继承而来的,这种声音出现在他的小说《特黑拉》里。这是阿格农真实的声音。种种乔装和逃避归根究底不过是外衣，这些乔装和逃避或许能够吸引读者的注意力，可并不是他想要传达的思想。

那天晚上，他用他祖先的腔调来和我说话，那种声音像我在坐落在喀尔巴阡山脉上的外祖父母家里听到的声音一样，至今依然回荡在我的耳边。他直截了当地告诉我他年轻的时候，为了学习祖先们的腔调和庄严，曾经每天早上学习犹太《圣经》。然而，学习的过程并非一帆风顺。有时候，《圣经》会让他感到迷惑。他建议我学习布拉茨拉夫的纳赫曼拉比的著作。那时候，流行的不仅仅纳赫曼拉比的著作，还流行一本关于神与人的秘密、名为《里库蒂·马哈拉尼》的秘密书籍。正如他所言，他的内心某处在发光。我意识到这是一个完全不一样的阿格农，一个依然在他的——以及我的——故土喀尔巴阡山脉上流浪的人。巴尔·谢姆·托夫也曾经和他的学生一起走过喀尔巴阡山脉。那天晚上，他觉得让我知道我来自何方及将要去何处是非常重要的。

随后，他和我聊起了他的书《可畏之日》。这本书他酝酿了许多年，他希望这本书能在犹太人的圣日派上用场。然而，令他感到无比遗憾的是，评论家们和公众的看法与之不同。

夜已深，我起身离开。阿格农不让我离开。"坐下。着急什么？"他说道。我觉得寂寞正在将他压垮，他已经无法承受寂寞。那天晚上，他向我吐露了其他事情——他说过去几个月，他一直在想他的父亲和母亲。他若有空，他会从头以一种截然不同的方式述说他们的故事。他觉得他的写作中缺点很多，他想改正这些缺点，可这需要耗费大量的精力，而他再也没有这种精力了。过去，他能够站在讲台上，连续写作几个小时，可如今，这对他来说已非易事。我就这样跟他告别了。我心里默默地想，以后我再也不会有机会与他相见了，我的猜想是正确的。

第二十七章

在斋月战争中,我担任军队教育团的讲师,驻扎在苏伊士运河旁。这场突如其来的战争使我想起了"二战",显然,除了我之外,也让许多人想起了"二战"。每个人都在谈论这场战争。年轻的士兵们对战争的最为微小的细节感兴趣,仿佛试图填补多年前那段岁月的空缺。与他们提出的关于其他话题的问题不同,他们提出的关于战争的问题既不是意识形态方面的,也不是傲慢无礼的,而是能引起他人的共鸣,而且一针见血。

在大屠杀中幸存下来的孩子尤其感兴趣。他们的父母要么没有告诉他们自己的经历,要么只告诉他们一点点。虽然他们在学校里学习了一些,但是学校里传授的知识要么太过泛泛而谈,要么让人不寒而栗,如关于奥斯威辛集中营的电影。

无边无际的沙漠在我们面前若隐若现,我们有机会探索复杂的问题,如受害者与谋害者之间的复杂关系，或者在大屠杀前的许多年里培育了犹太知识分子的那些理念和信仰。那些信仰是什么？相信这个世界正在进步，为了全部人类的福祉而不断向前发展。相信犹太人若逃离他们自己世界的桎梏，扎根土地，成为更大世界的一部分，人们会张开双臂欢迎他们。相信这个进步会驱散过去仇恨的乌烟瘴气。

几年前，大屠杀的幸存者面临着——甚至遭受困扰——各种各样的直接粗鲁的问题：你为何不反抗？你为何像羔羊一样被送到屠夫手上？幸存的目击证人被带到高中进行发言，青年运动会上也在议讨论这些问题。幸存者们会站在这些群体面前，试图为自己辩护，而年轻人则会用从报纸和书本中收集的事实来攻击他们。不止一次，这些幸存者被判罪名成立，羞愧不已地离开。

然而，如今不一样了。过去的时光已经过去。意识形态方面的信仰已经弱化或消失。不同的真相通过集体意识得以显现。这些士兵不再是自信满满和自以为是的青年，而是意识到生活有时候会突然给我们以打击——比如现在的这场战争——也意识到了人不应匆匆对他人作出评判，不应对他人作出错误的判断。

如果有文本的话，我们当然能够对其作出深入的研究。若无书面材料，很难理清如此复杂的问题。因此，我决定向他们介绍我自己。在一大群人面前剖析你自己并不是一件容易的事情。诚然，作家总是在谈论自己，然而，写作这个行为就像穿衣服：你并非一丝不挂地站在那里。而这一次，我别无选择；我知道，如果没有源文本，我就无法谈论反犹太主义及犹太人的缺点的平常陈腐的方法。

首先，我谈了我的父母和我的城市。我的父母是已经被现代社会所同化的犹太人，他们将自己视为欧洲知识分子中重要的一员。他们对文学、哲学以及心理学感兴趣——却对犹太人的身份不感兴趣。父亲是一位成功的实业家，是社会上层阶级的一员。我们为自己能够说德语而感到骄傲，并培养了这门语言。即便在20世纪30年代末期，我的父母依然在自欺欺人，他们认为希特勒不过是昙花一现。有许多迹象表明糟糕的时代即将来临——每一份日报和每一份周刊都揭露了这个真相——然而，没有人真的相信事情真的会变得如此糟糕。错觉。大屠杀的幸存者们被当面指责盲目自信和自欺欺人，然而，在这里，在苏伊士运河的河岸边，"错觉"这个词有着不同的意味，甚至连我们优秀的军事人才也能预见这种情况；甚至连我们的军队也误导了我们。

这是另一种错觉。

对我来说，这是两种不同层面的交汇。荒凉、一毛不拔的沙漠，我身边的士兵们不断地提醒我战后我在欧洲流浪的岁月以及我早年在以色列的时光。多年来，我试图与这片沙漠风景建立联系。自我第一次看见这片沙漠，我就爱上了它，可我不敢书写这片沙漠；事实上我无法写。我的童年，我的父母以及我的外祖父母也属于一种与众不同的风景。我无法离开这片他们曾经如此紧密联系的土地。当我初次抵达以色列后，多年以来，我确实是与这片土地紧密联系——照顾树苗，我喜欢照顾树苗——可是我与收留我的这片土地之间的障碍依然存在。然而，如今身处于沙丘之中，身处于离家园成百上千公里之外，我们所有人都觉得自己是个局外人，是个试图理解大屠杀是怎么发生的局外人，是个试图理解现状的局外人。我们一直试图改变。我们改变了吗？或者事实上，我们依然是那个奇怪的部落，无法理解自己，亦无法为他人所理解？

不止我一人发言；士兵们也表达了自己的感觉，尤其是那些父母在大屠杀中幸存下来的人。他们憎恨父母多年来对过去的生活避而不谈，断绝他们与祖父母们的联系，使他们无法使用祖父母们的语言，并在他们的身边建造了一个虚假的世界，仿佛没有任何事情发生。我试图为自己辩护，为他们的父母辩护。大屠杀的幸存者们面临着极为痛苦的选择，最痛苦的选择是应该带着大屠杀的记忆继续生活下去，抑或开始一段新的生活。他们选择了新生活。做出这个决定对他们来说并不容易。他们希望自己的孩子能够免受痛苦和耻辱，他们希望自己的孩子长大以后能够成为一个自由的人，不用继承那份痛苦的回忆。

我们要记住，不仅仅是幸存者们希望隐瞒自己的经历；当时整个以色列的氛围是幸存者应该抛弃过去，尘封记忆。20世纪40年代至50年代，虔诚的信仰和欧洲习惯被视为异己的价值观，被排除在以色列的生活之外。人们看不惯虔诚的犹太人和被同化的犹太人。

在西奈沙漠的中心，我们谈论了犹太部落主义和犹太普遍主义，以及消弭两者分歧的可能性。大多数士兵都是二十多岁，他们训练有素，拥有世俗的世界观，可他们都明白我们文化的根基是信仰。不知不觉间，我们从公开的发言变成了私聊，开始三三两两聚在一起聊天。在这些士兵当中，我发现有一名士兵的父亲曾经和我在同一个军营。

我在那个军营待了三天，那三天不仅让我与年轻士兵的关系变得更为密切,而且让我更加深刻地了解我自己的生活。每一场战争中,我们每个人的心头都萦绕着一种命运未卜的感觉。谁知道我们的命运将走向何处?

我快离开之前,士兵们的声音变得轻松快活。停战协议似乎起了作用。我觉得很难与这个军营里的年轻人分开,他们的肩膀上肩负着一个在欧洲或在世界的这个角落里不受欢迎的民族的命运。这儿的争斗尽管有所不同,但这就是一直降落在我们身上的古老诅咒。

第二十八章

我认识莫迪凯很多年了。我三十多岁的时候,在一所夜校高中担任老师。莫迪凯在学校的对面开了一家小卖部。下午,他会关了小卖部,准备好三明治和咖啡,然后我们就会坐在窗户旁下象棋。象棋是他的热情之所在,并且能让他展示出他的性格中有趣的一面:直截了当的逻辑思维。他若输了,脸上会隐隐掠过一丝难为情的神色。

他与我同岁,可由于他已经秃顶,而且常年在一间小卖部工作,加之结婚早,他看起来像是四十岁。但是,在他关上百叶窗,在长椅上摆出棋盘的那一刻,他的样子发生了变化,他的眼睛里闪耀着年轻的热切的目光。

我们通常会下一个半小时的象棋,有时候是两个小时。在关上的百叶窗旁的那些时光影影绰绰,让人陶醉,我们常常忘乎一切,然而,我会注意到他会做出一些平日里在柜台后不会做的动作。特别是,他会低下头，仿佛他知道如何祈祷。有时候，他会闭上眼睛，陷入沉思。他的手指细长，看上去并不是一双在小卖部工作的手，难怪他的双手经常受伤或被包扎了起来。当象棋下到关键处时，他的双眼会露出十分锐利的目光。与许多极具天赋的象棋选手一样，他也是一个内敛寡言之人；他的表情很警惕严肃。

我们认识一年后，他才告诉我他小的时候，五岁到九岁之间，曾经在修道院里待过——那是一所规矩严明的修道院，而且强制要求他们在晚上也要祈祷。他的父母将他托付给了院内的修道士，并承诺很快会回来接他。他等了父母几天，可他们并没有出现，他哭得一塌糊涂。修道士们警告他不要哭，当他无视他们的警告时，他们就把他关在一个阁楼里。莫迪凯一直哭，直至筋疲力尽。当他停止哭泣的时候，修道士们打开了阁楼的门，并为他送来了一杯温牛奶。他说，从那时起，他就再也没有哭过。

莫迪凯是个沉默寡言的人；不管说什么，他说话的时候似乎都要耗费他许多精力。如果我能够更加善解人意，我会坐在那里一言不发地下象棋。显然，那段日子依然潜伏在他的体内。

他的父母是谁？直至几年前，他还在等他的父母。他相信他们还活着，相信他们就生活在乌兹别克斯坦。他之所以产生这个虚假的希望，是因为有一个幸存者向他发誓说曾经在乌兹别克斯坦里的其中一个公社里见过他们。事实证明那是个假消息，然而，他并没有因此心生愤恨。他的行动之中流露出平静。他只会不急不缓、一针见血地进行言简意赅的发言。

有一次，他告诉我他曾经有一次突然感到很害怕，其中一个修道士——乔治神父——告诉他没有什么是值得害怕的。害怕不过是人想象出来的；是人的想象力创造了恶魔。只有在天堂里的上帝才值得敬畏。人们越依恋上帝，恐惧便越少。

这有用吗？我差点儿问出来。我试图避免向他提问。我觉得向他提问会伤害他。

有一次，他心不在焉地告诉我："生活不过是一则寓言。"

"什么寓言？"

"关于我们虚无的存在的寓言。"

"那么哪里的生活不虚无？"

"与上帝同在的生活。"他笑着说。

当然，他既不遵守基督教的仪式，也不遵守犹太戒律，然而，他的整个人都散发出虔诚的牺牲精神。这种精神是在修道院里培养的。有时候，我觉得他在等候时机，等待能够再次祈祷的时机。是修道士教会了他下象棋。他下象棋的时候，安安静静、全神贯注，并且会随着象棋的进展而越发安静，越发精神集中。显然，他在修道院的那段时光赋予了他这些特质，而这些特质正是我所缺失的。

三点半，闹钟会将我们带回到现实，回到莫迪凯的店里。他会打开前门和百叶窗，随后第一个顾客就会马上出现。我会坐在那里，看着他完成这些动作。他站在收银机后面，发出极短的话语——数字，以及更多的数字。

有一次，他告诉我，早上祈祷后，他会和修道士们在花园里干活。他喜欢在花园里干活。

"你们干活的时候不说话吗？"我的舌头就是不安分。

"修道院内禁止交谈。"

"可如果你想说话怎么办?"

"只能闭上眼睛说'主耶稣,将我从罪恶的思想中拯救出来,护我在你的羽翼之下'。"

有时候,我觉得他真正的生活被埋葬在修道院里,后来的生活不过是他封闭自己的内心,龟缩在自己的世界里。这种自我封闭并没有埋葬他过去的生活。事实上,它反而保留了过去的生活;当他谈及他的童年生活,并没有用过去时。在这一方面,我们很相似。不止如此,我们在许多方面都很相似。我也觉得有一天我能够祈祷。莫迪凯的宗教敏感度是有着坚实的基础的。他谈及"祈祷"或"斋戒"的时候,全是经验之谈。

他还向我提起了一条流经修道院的小河。夏天,他会下河里游泳。他告诉我的或向我暗示的一切,即便是关于精神方面的问题,都是有着相似的有形的、世俗的根基。

1972年,莫迪凯离开了耶路撒冷,定居在一个农场里。我不知道他为何离开了城市。有时候,我觉得他的一些习惯已经成为我的习惯,比如,我使用他过去使用的词汇。莫迪凯没有完成高中的学业,也没有上过大学,可他在修道院接受的教育深深地印刻在他的灵魂之中。那里的生活让他走向了自我克制的道路,直至今日,他的规矩还没有变:话越来越少。仿佛他觉得原罪就扎根在话语里。

第二十九章

我最近遇到我朋友T的儿子。战争快要结束及战争刚结束的时候,我和他一起在欧洲流浪。我们一起去以色列,我们一起参加青年运动。T的儿子和T长得很像,有时候我怀疑站在我身边的是T本人。

T的儿子是一位二十七岁的电子工程师,刚刚花了两年的时间在美国完成了学业。我邀请他喝咖啡。他是个身材高大的小伙子,举止优雅、文质彬彬。作为一个年轻人,他学业优异,如今正忙于做研究。他上了高中以后,我就再也没有见过他,所以我很高兴能够邂逅他。

命运让我和他的父亲相遇了。我们童年的时光几乎是完全安静无声的。我们害怕说母语,而说另一门语言则让我们觉得很奇怪。所以,大多数时候我们都是一言不发,或者通过肢体语言来沟通。不管怎么说,尽管我们交谈甚少,可我们是非常亲密的朋友。就是在这些沉默与沉默之中,我们交谈的时候,T告诉我许多关于他的家人的事情。

战争的岁月以及随后我们在欧洲流浪的岁月是我们这些孩子们被黑暗笼罩的岁月。生活从四面八方打击着我们。我们学会了低调行事,如果我们发现了藏身之处,我们就会匍匐前行。我们就像动物,虽然我们没有动物那么胆大好斗。每次遭到毒打之后,我们都会逃离。我们甚至不知道如何哭泣。

经过两年的流浪,我们抵达了意大利的海岸边。阳光普照,海水欢腾,仿佛在欢迎我们;他们是我们的第一个朋友。在那个广阔空旷的海岸上,我们内心的寒冬开始消失。我的朋友 T 是如此激动,以至于他不愿意离开水里,甚至到了晚上也不愿意离开。正是在温暖的海水里,我们第一次感受到了自由,也第一次说出了"自由"这两个字。在那里,我看见一位犹太商人,单单用他苍白纤细的手就能表达出这种战争的本质:还有什么可说?

我们在那片沙滩里待了整整三个月。我们看见了以及听到了许多,可我们的灵魂似乎闭塞了。只有随着时间流逝,只有在我们的梦里,我们过去见过的东西才开始以一种稍微更加清晰的方式出现。我的朋友 T 和我一直忙于捕鱼。我们用碎布制成渔网。而令人感到不可思议的是,每一天我们都能抓到一些鱼。晚上,我们会点燃篝火,并用篝火烧烤食物。晚上,水光和火光像一条宽宽的黑暗的河流一样映照在我们身上,我们被水光和火光包围。那时候,我们不知道我们正在经历的是一种重生。

当我们抵达以色列的时候,我的朋友 T 与我疏远了,而且他似乎变得更加内敛了。当我试图靠近他的时候,他会把我打发走。他的内心在煎熬，他在与内心深处的恶魔作斗争。"让我静静，"他的表情似乎在说，"我需要自个儿静静。"

最终，T离开了青年运动，在特拉维夫的一家鞋店里工作。我见过他几次，可我们并没有进行深入的交谈。很难知道他在新岗位上是否工作得开心，可我确实注意到他脸上的一些迹象——稍稍咬紧的牙关和压抑的怒火。

服完兵役之后，我们之间的联系愈发少了。我们都在与自己的恶魔做斗争，我们见面的频率也变得更少了。T的家族原先信奉犹太教，后来更换了信仰。他的祖父抛弃了自己的根，与自己的父亲断绝了关系，接受了另一种文化。他跑去学习医学。然而，在战争时期，犹太人和那些更换了信仰的犹太人别无二致。更换了信仰的犹太人也被困在犹太人隔离区里，被送到集中营里。战争期间，当我遇到T的时候，他和我一样，也是个十一岁的男孩，是个无父无母的孤儿。和我一样，他夏天在森林里游荡，冬天在需要帮手的农夫那里干活以求片瓦得以庇身。当他告诉我他的名字的时候，我十分震惊；他的家族在我们镇上曾经掀起过一阵风波。

我的这位朋友十分擅长做生意，这一点我一点儿也不意外。我们这些战后来到以色列的小孩大多数都取得了物质上的成功。我们所取得的成就总是让我不断地震惊。我们当中，有的成为了工业家，有的成为了立法者，有的成为了军官，有的成为了科学家——大多数人都成为自己专业领域内的领头羊。很少人会猜到那家大工厂的董事长是一位大屠杀的幸存者，因为他不可能谈及此事，实际上，他想要隐藏此事。T是一家鞋厂的老板。大家都说他的出口生意近年来做得十分成功。他在海尔兹利亚有一套房，在耶路撒冷有一套公寓。我一直远远地观察他的非凡的崛起。在他成功的头几年，我们几乎没有见过面。T全身心地投入到他的工厂里，其他任何的事情都无法引起他的兴趣。然而，近年来，我们开始更多地谈论起往事——不是故意谈起往事，我们还谈论其他更加世俗的事情。有一次会面的时候，T说他在考虑进入大学学习，他甚至已经在一家辅导升学考试的夜校注册了。可是，这时他的生意才刚起色，所以他取消了这个学习计划。然而，他的家里有一个很大的图书馆。他对哲学、文学、艺术和医学感兴趣，他的学问常常让我震惊。我想，他视我为竞争对手，或许，他也视他的父亲、祖父为竞争对手，仿佛要证明学问和财富是可以兼得的。

T的儿子是个迷人的小伙子，更像一位欧洲裔犹太人，而非土生土长的以色列人。他的肩膀上长着一颗聪明的脑袋，他说话清楚正确，丝毫不含糊。

我告诉他——我真的不知道为什么——我与他的父亲打发时间的那片森林。我以为他的父亲曾经提起过那段日子，可是我错了。他的父亲什么也没说。他对我们出生的那片土地、对我们被放逐的地方以及我们在那些地方的经历一无所知。我震惊不已。

"你没有问过？"我愚蠢地问道。

"我问了，可父亲并不想回答。"

"你听说过你的祖父的事情吗？"

"一点点。"他说道，脸红了。

他的父亲的确只告诉他一点点关于他祖父的事情。这个不错的年轻小伙子对他父亲和祖父长大的多山的家园一无所知，对其祖祖辈辈的发展史一无所知。人都希望自己祖先的残余思想能够在自己的子孙身上得以传承，可他却无法得知自己祖先的事情。而且，他的父亲不太可能会坐在他的面前告诉他。如果他们现在进行交谈，一定会剑拔弩张，上句不接下句。恰当的时候没有说出的话在别的时候听起来就不是真话了。

与我同时代的人很少对自己的孩子谈及自己的出生地以及自己在战争时期的经历。他们的人生故事已经被埋藏在自己的内心深处，直至伤疤痊愈。他们不知如何打开门以让些许阳光照进他们生活的黑暗处；相反，一道墙慢慢地出现在了他们与他们的孩子们之间。诚然，近年来，他们试图破坏他们亲手造成的这道墙，可他们的努力相当微弱，而障碍却十分牢固；这道墙能够被拆毁还是未知之数。

"你从未与你的父亲谈论过此事？"人们经常听到这句话。

"谈过，不过总是顺带提及，从来没有深入探讨过这个问题。"人们也常常听到这句话。

我十分熟悉那种顺带提及的感觉。当你终于准备好谈论那段日子时，记忆却变得模糊，话语卡在喉咙里说不出来，最终只能说些不着边际的话。有时候，话语偶然开始冒出来，你就没完没了地一直说，仿佛堵塞的通道被清理通畅。然而，你马上就意识到这不过是一种肤浅的、按时间顺序的叙述，并非是发自你的内心深处的叙述。话语虽然流畅，但并没有揭露任何东西。话毕之时，你的心里只有疑惑与尴尬。

我向T的儿子提及了我们躲在森林里的最后一个秋天，我告诉他

177

我们努力保持自己的体温,告诉他我们明知道篝火或许会暴露我们的藏身之处,但为了抵御将要使我们冻僵的严寒依然点燃了篝火。刹那间,我仿佛觉得,如果我能够成功以正确的方式将森林的事情告知T的儿子,他会理解接下来的所有事情。然而,我不由自主地说不出话来。我脑海中的一切似乎都蒸发了,我只能重复说过的话。"天气很冷,尽管危险,可我们还是燃起了一堆篝火。"

"两个孩子在森林里,真是让人难以置信。"T的儿子说道,仿佛第一次听懂这句话。

确实让人难以置信。每当谈起那些日子,你就会被一种难以置信的感觉包围。你感同身受,可你无法相信这件事真的发生在自己身上。这是我所知的、最羞耻的一种感觉之一。我朋友T的儿子敏感而专注,我真的想告诉他更多的事情,可我就是不知从何说起。我一生的故事以及T的一生的故事如今看起来似乎是一个故事——遥远、复杂、几乎无法洞悉。虽然我描述了一些事情,可是它们听起来索然无味,甚至毫不相干。

"你的父亲什么也没告诉你?"我像个傻子似的不停地问道。

"几乎什么也没说。"

T的儿子知道他的曾祖父是一位著名的医生,是一位全心全意为穷人服务的好人,可他对那位著名的医生以及他父亲(著名的拉比)之间尖锐而复杂的斗争毫不知情。人们找医生或进行身体检查,或为了拿免费的药;可怜的人们找拉比是为了解除自己的痛苦。他们一个相信药物治疗和手术,另一个相信祈祷和慈善。在森林里的时候,在逃亡的间隙中,T告诉了我许多关于那场尖锐斗争的细节。即便那时，我便感觉到他的内心也在进行一场类似的斗争。显然，他什么也没有对他的儿子说。这段往事依然是 T 的秘密，依然尘封在他的心中。

我坐在我朋友 T 的儿子的对面，内心充斥着一股熟悉的恐惧：我们的生活——我的生活和 T 的生活、我们的父母和祖父母的生活——很快就会消失殆尽，不留一丝痕迹。我决定告诉他关于喀尔巴阡山脉的事情，告诉他巴尔·谢姆·托夫的土地，那片我们家族祖祖辈辈生活的土地。他在高中的时候曾经听说过巴尔·谢姆·托夫。虽然他是个工程师，在现实的世界里打滚，但我可以从他的脸上看出我可以和他谈论精神层面的东西。诸如"上帝""信仰""祈祷"的词汇并不能打发他。相反，他似乎想要了解更多，可我无法收集事实，并从一大堆的概论中提取一个具有启发性的细节。

我觉得我的膝盖在颤抖，仿佛我没有通过一场简单的考试似的。

"你的高祖父是一位十分著名的拉比。"我开始说道。可我马上就感觉到我把一个不重要的负担放在 T 的儿子身上。我很后悔。这位年轻的工程师在以色列的一个精英机构里参与调研，而且已经开始他自己的生活了。他的父亲不知道如何把自己的生活以及祖先的生活传达给他，而愚蠢的我此时却试图引起他的兴趣和好奇心。这是多么冒昧的行为。

出于礼节，或者可能是为了取悦我，T 的儿子问了我关于他那位拉比高祖父的事情。我结结巴巴地说，觉得既难受又愚蠢。

第三十章

新生活俱乐部建于1950年，是由来自加利西亚和布科维纳的大屠杀的幸存者所建。俱乐部换了门卫。多年来一直精力充沛地管理着俱乐部的幸存者们已经老去了，而且想要把责任交付给那些孩童时期经历战争的幸存者。

交付仪式十分喜庆热闹，双方都发了言。人们的情绪高涨，当然，中途曾经被打断。年长的幸存者们让"孩子们"（他们被唤作孩子，即便他们已经三十多岁了）承诺好好管理这个地方，最重要的是，永远不要忘记。相较之下，"孩子们"更加冷静。虽然他们谈及了传承的必要性，但是他们并没有做出承诺。他们进行了几次简短的发言，发言一针见血，让人因为回忆痛苦的事实而颤抖。

我还记得这家俱乐部建立之初的情形。那时我二十岁，刚刚服完兵役。在以色列，我没有关系亲近的朋友，所以我会去这家俱乐部喝咖啡、下象棋或听讲座。在俱乐部里，我们说意第绪语、波兰语、俄语、德语及罗马尼亚语。我了解这些语言，这个地方对我来说是第二个家般的存在。虽然我从未热衷于到那里去，但是多年来我经常回去。我知道那里发生的事情，知道谁生病了，谁去世了。俱乐部的成员们也关注我的现状；他们在报纸上读我的故事，也读评论家们对我的评论。

20世纪50年代期间，以色列内激烈的思想争论甚嚣尘上——不仅仅在基布兹，而且在私人的俱乐部内。私人俱乐部在城内如雨后春笋般出现。陈词滥调被传开了，浮夸的口号从遥远的过去被挖掘出来。人们不仅在喝茶或下棋的时候争论。即便在外面，在街上，新生活俱乐部的成员们依然不断争论，有时甚至争论至深夜。

和任何其他组织一样，俱乐部有一位主席，一位副主席，一位秘书，一位财政主管，以及各种委员会会长。人们想要行使一点权利并赢得一点尊重。与其他组织一样，这个俱乐部有时候也忘了自己创立该部的目的。成员们一心想着分配各种荣誉职位，为谁担任何职而争吵、相互指责，最终导致各种解雇和辞职，仿佛这是一个普通的社会俱乐部，而不是一个大屠杀幸存者的俱乐部。

然而，这只是其中一方面。这家俱乐部也为那些在战争中毁灭的小镇和偏远村庄安排纪念仪式，出版纪念书籍，举行座谈会并且找来自美国和加拿大的富有的幸存者来赞助俱乐部的活动。有时候，晚上会有意第绪诗歌会。俱乐部甚至设立了一个文学奖来鼓励那些写作的人。

在俱乐部的那段日子里，我遇到许多优秀的人——没有加入争论、谋求荣誉以及为了自己提出任何要求的普通人。当他们坐在桌子旁,他们的眼里散发出对同伴的纯粹的爱。他们花了几小时拜访医院以及各种机构里的病人,可他们也抽出时间来俱乐部,或为纪念仪式带来纪念蜡烛或为节日活动带来点心。他们所经历的灾难并没有毁掉他们的天真与正直,他们毫发未伤。不仅如此,事实上,他们身上的光环更加明亮了。

月复一月,这家俱乐部就这样经营下去。然后,德国的赔偿金开始到位了,这家俱乐部再次陷入了混乱。有些人指责本古里安将他的灵魂卖给了恶魔;其他人则认为不能允许杀人犯从受害者身上没收的物品和财产中获利。若非其中一名成员插手,俱乐部似乎将要分崩离析。那位成员在他的家乡里担任犹太居民委员会的会长,任职期间完全没有污点。虽然,他镇上的大多数犹太人都被杀害了,可他还是成功地拯救了镇上四分之一的人口。因为这件事,还有其他事情,人们尊敬他并心怀敬意地聆听他所说的话。虽然俱乐部没有分崩离析,积怨依然存在。成员们形成团队和下属小组,一些人避开另一些人,并称呼他们为"恶心的人",以及其他粗俗的名字。

那段日子里,我几乎天天晚上都来俱乐部。大多数成员都比我年长二三十岁,可我在那里依然感到自在。我喜欢诗歌之夜、谈话及讲座,可我最喜欢的是那些面孔。那些面孔不仅让我想起了我在乌克兰大草原里遗失的生活,而且让我想起了战争之前的日子。在这里我有父母、祖父母、叔叔和堂兄弟姐妹,仿佛所有人都聚在这里只为了和我在一起。

那段时期,我写了一些诗,偶尔,董事会会邀请我在纪念仪式上朗读那些诗句。俱乐部里的大多数成员都喜欢我并且鼓励我。我甚至赢得了一笔小小的补助金，那笔补助金够我支付大学第一年的部分学费。然而，即便在那个时候，一些成员就已经反对我写作，他们声称，人不应该用诗歌或编造故事来谈论大屠杀，而是应该记录下事实。这些观点有点儿道理——然而，或许难免有些污秽——而且他们伤害了我，因为我已经意识到我的面前还有一条很漫长的路，而我还在起点。

如果那些支持"纪录事实"的人愿意听我解释，我会提醒他们"二战"爆发的时候，我只是一个七岁的孩子。战争印刻在我的身体里，而非我的记忆里。在我的文章中，我并非发挥我的想象力进行创作，而是从我的内心深处描述我无意识地汲取的感觉和印象。我确实意识到即便我知道如何将其表达也毫无裨益。那时候，人们要的只是事实、详细准确的事实，仿佛这些事实能够揭露所有的秘密。

我已经明白人的本性难移，即便是最具毁灭性的战争也不能改变人的本性。人一旦形成其信仰和习惯，就很难摆脱这些信仰和习惯。而且，所有的道德缺点、卑鄙的冲动——欺骗、暗中破坏、阴谋——它们不仅在灾难之后消失，而且有时候，它们似乎使灾难的威力更强，这么说使我有些为难。1953年竞争俱乐部副主席之位的争斗证实了这一点。角逐这个职位的是两位家财万贯的商人。他们不择手段，甚至不惜诉诸于分化的手段。没有人聆听成员们的抗议："太难看了——可耻！记住我们从何而来；我们要维护我们的规矩。"然而，激情总是比价值观或信仰更为强大有力；接受这个简单的真理并不容易。

183

随着年月的流逝,一些成员病了,被送进了医院,董事会确定了拜访住院成员的日程表。有些成员去世了,董事会在俱乐部内树立牌匾以示纪念。后来,一位富可敌国的成员去世了,他将自己所有的财产都留给了俱乐部。很快一块黄铜牌匾就被树立在门口,而俱乐部的名字也改成他的名字,以示纪念。对此,也有过激烈的争论。有些人认为用一个以不符合犹太教规的方法发财的有钱人的名字来命名一个为纪念大屠杀的受害者而设立的地方是件不妥当的事情。董事会的立场毫不含糊:如果我们透过表面,深入挖掘一个人,只要挖掘得足够深,那么我们会发现所有人都并非完人。

俱乐部刚设立的前几年,成员们会带着自己的孩子来俱乐部,尤其是在安息日和犹太节日。许多人认为应该有一个专门的教室供孩子使用,好让孩子们能够了解布科维纳和加利西亚的犹太人,了解他们对犹太人和世界的贡献。然而,不知怎么地,这个项目从来没有实施。孩子们长大了,不再来俱乐部了,成员们最终明白逼他们来是没有意义的。不管怎样,他们是不会理解的。或许,对他们来说,不知道祖父母和叔叔阿姨们经历过的事情是件好事。

然而,有一个约莫七岁的男孩——他的名字叫什穆埃尔——会加入我们并极为好奇地听我们的谈话。显然,当他长大的时候,他依然会来俱乐部。他长得像他的父亲,可是,与他父亲的机敏与活跃不同,他的目光里流露出恬静与好奇。很难判断他的目光是好奇还是纯朴。不管怎么看,什穆埃尔长得也不像是个以色列小孩,而是像从加利西亚的小镇上流放过来的小孩。

1962年,我出版了第一本书《硝烟》,该书得到评论家们的好评,俱乐部里的大多数人都很高兴,并祝贺我。俱乐部成员怀着极大的热情阅读报纸,而不是我的书——尤其是那些触及大屠杀这个话题的书。那些读我的书的人并不满意我的作品。对他们来说,我的作品中的主人公似乎阴郁模糊,迷恋过往,过着平庸的生活。英雄式的主人公在哪里?犹太人隔离区的崛起在哪里?还有一些庸俗的成员抓住机会提醒大家我接受过两次学习救助金。如果这是真的,那么当然最好不要支持我……不过,大多数的成员还是支持我、鼓励我,甚至承诺会买我的书。后来,我才明白:对某些人来说,重新回到那些地方,被迫再次经历那些事情是件很艰难的事情。我一明白这一点,就不再生气了。

　　1967年,六日战争爆发的前夕,俱乐部再次陷入了混乱。一些多年未发言的成员或几乎未发言的成员如今发出了灾难即将到来的警告。然而,大多数的成员不同意他们的看法。"今时不同往日,"他们说道,"如今我们拥有一支军队,这支军队将会摧毁敌人。"

　　我被征召为预备役,俱乐部成员们激烈地争着表现出他们对我的支持。人们往我的口袋里塞纸币,其中一个不那么受欢迎的成员(部分原因是因为他的吝啬)竟然把他的金手表摘下来给我,并且说道:"以我和我家人的名义送给你。"后来,我才知道这块手表原本属于他的哥哥,他的哥哥在奥斯威辛集中营里罹难了。

　　现在,我明白俱乐部是我的家。我心中所有的批评和琐碎的抱怨都烟消云散;仿佛从未存在过。我感受到了成员们的温暖和奉献,我满怀对生活的信念入伍。

事实上，等待战争到来的那段时间让人觉得十分漫长和难熬。有一次休假，我去了俱乐部，我注意到鬼魂再次从阴影中出现——多年未曾提及的地方如今再次被提及。驱逐出境、亚克兴、火车和森林再次出现在人们的谈话中。

乐观主义者试图平息人们的恐惧，却徒劳无功。这些恐惧根深蒂固，让人想起了挥之不去的画面。即便是强壮的人也坦白他们晚上睡得不安稳。有些人不断声称这是我们自己的错，是我们自己的性格缺陷导致了今日的局面。他们认为，如果全世界都反对我们，那么这一定意味着我们身上有不好的东西。即便拥有我们自己的国家和军队，我们也不会变得更好。

六日战争结束的时候，大家都兴高采烈；大家都说这是奇迹，说大家的精神面貌焕然一新。一个在美国致富的幸存者来到以色列捐给我们一大笔钱来修建一个新的大楼侧翼。俱乐部原先是一栋老建筑，只有两间房间和一个简易厨房，现在向上修建，向外扩张，增加了一个图书馆、一间阅读室、一个演讲厅、一个休息厅，以及一个提供三明治、汤和优质咖啡的餐厅。

20世纪60年代对俱乐部来说是一段美好的岁月。那时候，有研究《圣经》和"神父伦理学"的学习小组，也常常举办许多意第绪语的讲座。书籍从美国和加拿大运来，图书馆快速扩张。邀请国家图书馆的专业图书管理员来教我们的图书管理员新的图书分类方法。我们的图书管理员战前在伦贝格的一所犹太高中担任教职，每一本书都让他欣喜不已。图书馆内甚至珍藏着几本珍贵的皮革精装的初版书，这几本书是图书管理员以及俱乐部的骄傲。

六日战争结束后，或许是因为俱乐部的面积扩大了，东欧的犹太文化似乎在这儿找到了安身之所，恶魔希特勒（愿他的名字消失在历史的长河中）的如意算盘落空了。诗人S是一位著名的人物，他写了一首激情澎湃的诗，诗名为"传承"。有一天晚上，他在餐厅里大声地朗读此诗，在场的所有的人都感同身受。

然而，俱乐部内也有不愉快的小插曲，也有邪恶的告密者。其中一个告密者向所得税部门提供了一份以外币进行贸易的成员名单，这份名单引发了调查，并动摇了俱乐部。它激起了各种各样的疑心和激烈的争论。最终，俱乐部成员们将矛头指向了一个名叫K的人。K是一个谦逊有礼、态度和蔼的人。他经营着一家小型的男子服饰店。他声称自己与所谓的税务部门毫无关联，这纯属恶意报复和中伤，并声称不怀好意的煽动者必定会因为诬告他而得报应。然而，他为自己辩护的这些言论是徒劳无功的；反而更添对他的敌意。最后，大家召开了一次全体人员大会，并以压倒性的票数通过了将K从俱乐部中开除出去的决定。投票结束的时候，K大喊道："你们死后会为此得到报应的。你们全部都有罪。"

他还在大喊大叫，话音未落，门卫就抓住了他，把他扔了出去。

20世纪70年代对俱乐部来说是暗淡的岁月，不仅仅是因为斋月战争，更是因为我们当中最重要的一些成员要么去世了，要么被送进偏远的养老院里。俱乐部以前热闹非凡，人声鼎沸，如今却空荡荡的。活动照常进行，甚至还为年轻人设立了一个意第绪语学习小组。然而，总的来说，人们的激情已逝。再也没有人谈论初版新书、报纸或季刊。更多的是谈论下一代对大屠杀一无所知,以及他们不愿意了解大屠杀。有些人责怪自己当初没有告诉自己的孩子应该告诉他们的事情。然而,也有大量的团队使尽浑身解数指责悲观主义者,批评他们并指责他们散布悲观的观念。

斋月战争刚刚结束,人们就开始担忧如果意第绪文学没有被翻译成希伯来文,那么它最终会永远消失。因此,两位成员前往美国、加拿大和阿根廷募集资金以招聘一批翻译人员将母语文学作品翻译成永远不会消失的语言。这次的募集资金的活动并不是很成功。

1974年,演员R从美国回来,同行的还有他的姐姐和他的两位外甥。他们也都是演员。在俱乐部里,他们马上感受到了宾至如归的感觉。R比其他人更加优秀,他热爱他的犹太同胞,热爱母语。年轻的时候,他有机会可以成为波兰剧院的演员,后来也有机会成为美国剧院的演员。全世界的剧院都欢迎他,可他忠于自己的母语,忠于自己的姐姐和两位外甥。他们一起四处表演。战争结束以后,他的忠诚感越发地狂热:他只表演意第绪语的剧本。

R和他的家人一抵达便登台表演了《恶灵》和其他经典的意第绪语剧本。R不仅是一位出色的演员,他还是一名优秀的演说家。他认为美国土地上充斥着错误的价值观,认为犹太文化只能在以色列这片土地上才能重获新生。让大家感到高兴的是,不仅大屠杀的幸存者来看他的演出,年轻人也来看他的演出。俱乐部一直庆祝至夜深。餐厅里人满为患。

20世纪70年代,我与埋藏在我心中多年的童年记忆进行着激烈的斗争,同时也在烦恼着小说的形式。那段时间里,我写了《奇迹年代》和《灼热光辉》等书。我会念这些书本里的段落给俱乐部的图书馆管理员听,他精通现代文学,并对词汇及其细微差别十分敏感。他给我上了重要的一课:如何区分必要的和次要的东西。大学是一个提供学习机会的重要机构,但不是培养作家的学校。文学发展只能通过自己与自己对话或自己与灵魂伴侣对话才能产生。图书馆管理员比我自己还要了解我。

在我指出之前,他就知道文章里让我心烦的是什么。他总是能找到隐秘的缺点。很奇怪,我们从未聊过书的内容。他的信念和我的信念一样,我们都认为词汇的选择和句子的创作——叙述流——是作品的灵魂;剩下的自会如你所愿。

20 世纪 80 年代,俱乐部的人员越发稀少。然而,权力的斗争并没有消停,尽管,退伍军人不能支撑太久是个不争的事实。现在是那些童年时期经历过大屠杀的人的时代,他们在俱乐部里担任领导的职务。尽管如此,以前的董事会依然能够成功地出版了两本厚厚的纪念册,而 R 的剧场团队又表演了两次新的演出。然而,最令人头痛的是餐厅经理喋喋不休的抱怨。他说每日的收益少得可怜,如果没有补贴的话,他会辞职。退伍老兵们提醒他前些年餐厅获利颇丰,他赚的钱让他建了一栋豪宅。然而,餐厅经理回答说他是用自己的双手一点一点地搭建自己的房子。要是他靠在餐厅工作的收入,他可能现在还在住着不是人住的小屋子。

截至 20 世纪 80 年代末,原先的成员已经所剩无几,大家都十分担忧图书馆以及馆内的手工艺品的命运。有些成员建议将图书馆变成犹太教堂以便可以举行每日的布道。然而,曾经是同盟会成员的无神论者们以及剩下的左翼分子完全反对这个想法，并威胁寻求海外朋友的帮助。那是一场激烈的争论。最终，这个问题不了了之。

大约是那个时候，董事会决定辞职，并选举出了新的管理层。新的董事会成员既有童年时期经历过大屠杀的幸存者，也有对大屠杀记忆模糊的人。他们甚至记不起自己的父母。他们来到以色列的时候并不来俱乐部，甚至对它不屑一顾。可是当他们长大后，他们明白，虽然他们在童年时期曾经经历过大屠杀却印象不深刻，但是他们依然属于这个俱乐部。

权力移交仪式十分煽情。两位离职的董事显然快要落泪，他们谈论说这个俱乐部是他们的家，在他们以及所有成员的生活中扮演着重要的角色，谈论着过去四十年来举行过的活动以及他们想要完成却无法完成的计划。相比之下，新的董事会的执行董事们更为冷静，他们的发言十分简短。不过，其中一位执行董事透露战争爆发的时候，他才三岁。他的父母把他送到女修道院。他是在女修道院里长大的。修道院里没别的孩子，多年来他一直害怕自己会永远长不高。修女安慰他说他最终会长大，会长得和所有人一样高，可是她的安慰并不能缓解他的恐惧。"我想不起我父母的样子，"他补充说道，"我也记不起我的家。若不是女修道院的院长记下了我父母的名字，我甚至不知道我的父母叫什么名字。"

他用一段奇怪的话结束了他的发言："战后，正统派犹太教徒发现了我，把我从女修道院里带到了以色列。我不想说任何人的坏话，可我还是要说我和他们一起生活得并不愉快。"

大厅里出现一阵死寂般的沉默；我们都感觉到将他带离女修道院

让他的生活支离破碎，他受伤的心灵从未痊愈。

新的董事会的日子并不好过。退伍老兵们不断地试图进行破坏，在每一次的全体人员会议中提出反建议，指出他们的错误，并声称他们的执行方案完全没有大屠杀幸存者的风范，声称大屠杀发生的时候他们还是个孩子，而孩子记性不好，就像完全没有经历过大屠杀似的。新的董事会准备提出辞呈，可是不知道该把俱乐部交付给谁。

俱乐部里的活动越来越少。演员 R 和他的团队与以色列文化部门起了冲突，回到了美国——在他们引起丑闻之后。他们公开称以色列为"一片吞噬居民、粗野庸俗、没有文化的土地"。

值得赞扬的是，新的董事会确实试图为俱乐部带来新的活力。他们把学校的孩子们带来俱乐部，退伍老兵们给孩子们讲述他们在战争中的经历。他们甚至把一些国外的旅游团也带到了俱乐部。餐厅经理再次威胁说如果没有补贴，就会关了餐厅。董事会用一大笔钱安抚了他。

然而，尽管董事会不断地做出努力，不断地做出贡献，但是，债务依然不断增加：入不敷出。20 世纪 80 年代末，虽然并不是以大多数的票数通过，但是全体成员决定将俱乐部大楼卖给沙瑞·赫西德·叶史瓦，并用所得钱还清所有累积的债务。若尚有余钱，就用来出版更多的纪念册。

就这样，新生活俱乐部的生命走到了尽头。有的人恭喜董事会达成了转让协议，有些人直截了当地严厉斥责他们。董事会确保在商量出如何处理图书馆及收藏犹太文物的房间之前，图书馆和收藏室都会关闭（这一点在合同上写得清清楚楚）。纪念捐赠者的纪念牌匾不会被新入住者拆除，而且门口的纪念蜡烛一直都会亮着。这份协议并非即时生效——双方均有为难之处——然而，最终还是签订了合同。

自从俱乐部关闭之后，我就不再去它所在的那条街了。我觉得我的某个部分依然住在那里。我喜欢和俱乐部的一位退伍老兵下象棋，喜欢听他说他在战争中的经历，他说："最好是一所犹太高等学校，而不是什么台球俱乐部。在犹太高等学校里，至少他们祈祷并研读旧书。"我并不知道这是抱怨还是妥协。

俱乐部关闭了，我也失去了家。可我还是和一些成员保持联系。有的成员给我写长长的信——信的内容一部分是长篇大论，一部分是批评我的新书，当然也写满了建议——然而，这些都无法与那些我们过去一起下象棋或玩扑克牌的夜晚相提并论。在游戏中，玩游戏的人的本性暴露无遗：谁是值得信赖的朋友，谁是骗子，谁的行为高尚，谁是下作的伪君子。

以前，我经常和我们其中一个最讨人喜欢的成员赫什·兰一起下象棋。他是一名专家级别的棋手，能够为每一场棋赛带来激情。赫什像孩子一样纯真，可在棋盘上，他就是一名魔术师。他下的棋闪烁着精妙的布局、创意和惊喜。有时候，他会同时和七八个人一起下棋——当然，每一次都是他完胜。当他获胜的时候，他的脸上会露出害羞的、几乎如孩童般的微笑。他的性格和特质只有在棋赛中才会表现出来。他并不是擅长言辞的人，每当别人和他说话的时候，他都会脸红、结巴，很难说出完整的话语。

俱乐部关闭之后，每当我在街上碰到赫什，我都会邀请他来我家喝咖啡。他总是随身携带着一副袖珍象棋，随后他会马上提议我们下一盘棋。他从来不傲慢无礼，也从来不以大师自居。下棋的时候，他会用手晃晃脑袋，陷入沉思，仿佛你是他最难以应付的对手。然而，你心中明白，他这么做不过是为了你好，为了尊重你的努力。对他而言，打败你根本是不费吹灰之力的事情。

人们并不尊重赫什。赫什是一名会计师，工作内容是为所得税部门准备年度报告。他工作的时候，既专业又正直细致，然而这些优秀的品质并没有让他挣大钱。人们欺骗他或不准时付他工资。而他因为善良纯朴，并没有向他们追讨工资。他住在旧中央汽车站旁的一间拥挤的房间里。

近年来，赫什的经济状况虽然有所提升，然而他却越发孤单了。他开始看上去衣衫褴褛、老态龙钟。有一次我问他是否曾经回去俱乐部看看。

"没去过。"他难为情地说道。

"为什么不去呢？"我问道。

"去干什么呢？"他回答道。

赫什来自一个严重同化了的家庭，每当他被问到关于犹太教的事情时，他都会脸红、畏缩，然后结结巴巴地说他对犹太教一无所知。有时候，他会鼓起勇气问我某个习俗或戒条，可他询问的语气听上去像是在问一些禁忌的话题。

有时候，我觉得我的所有作品并不是来源于我的家园，不是来源于战争，而是来源于那段在俱乐部里喝咖啡和抽烟的时光。在它鼎盛时我所感到的快乐，在它倒闭时我感到的痛苦，这些感觉依然鲜活得留在我的心中。

每一位成员都过着双重生活，有时候甚至是三重生活。我借用了他们的每一面生活的一部分。俱乐部里聚集了各种各样的人：胖子和瘦子、高个子和矮个子。赫什·兰的个子远高于其他人，然而，他的身高并没有给他带来任何的好处。他会佝偻着身子走路，仿佛试图使自己和其他人一样高。与此形成鲜明对比的是我们的副主席。副主席个子很高，他总是用他的身高来压倒别人和在所有的问题上占上风。

那些与我关系亲近的成员们读我的作品，并作出精妙的评论。有的成员是玩牌高手，他们当中还有定期暗中进行价值成千上万美金的交易的商人。这些人是专业的企业家，他们的专业水平达到了炉火纯青的地步，并一路积累财富。还有一些傲慢虚伪且愚蠢的人，他们压根儿没有受到战争的影响，根本没有被战争的恐怖所震慑。他们会几乎无法自已地说："我们不会改变。我们之前就是这样，今后也一直会是这样。"

剩下的是些安静的人。他们几乎一言不发。咖啡冒出的雾气和香烟的烟雾多年来一直笼罩着我们，将我们引领至今日之所在。